서문문고
139

리어 왕

셰익스피어 지음
김 재 남 옮김

The Tragedy of King Lear
by
William Shakespeare

⊠ 리어 왕

차 례

해 설 ………………………………………………… *5*
제 1 막 ………………………………………………… *11*
제 2 막 ………………………………………………… *63*
제 3 막 ………………………………………………… *103*
제 4 막 ………………………………………………… *143*
제 5 막 ………………………………………………… *189*

해 설

김재남(金在枏)

≪리어 왕(The Tragedy of King Lear)≫의 제작 연대는 1605년으로 추정되고, 공연에 관한 가장 오래된 기록으로는 1606년 12월 26일 궁정에서의 공연 기록이 있다. 그리고 최초의 인쇄판으로는 1608년의 사절판이 있다.

리어 왕의 이야기는 12세기초 먼모드의 제프리가 라틴어로 쓴 ≪英國列王記≫에 벌써 나오고 있으나, 이 극의 주요한 출원은 홀린세도의 ≪史記≫인 듯하다.

아득한 원시시대의 몽롱한 배경에서 벌어지는 배신과 망은의 이 비극은, 그 규모가 극장에서는 도저히 효과적으로 공연해낼 수 없다고 생각될 만큼 우주적이며 거대하다.

그 등장 인물들 또한, 자칫하면 선인과 악인, 두 종류의 상징으로 그치고 말 뻔할 정도로 보편적 인물들이다. 리어 왕은 노령에 국토 분배에 있어서 큰딸과 둘째딸의 감언을 곧이듣고 막내딸 코델리아의 솔직한 말에 격분한다. 셰익스피어의 다른 극에서도 되풀이되는 주제인 외관과 실재

사이의 어긋남을 리어 왕은 간파하지 못한 것이다. 그러나 노왕은 차츰 진실을 깨닫게 되고, 마침내는 폭풍이 몰아치는 속에서 광란하며, 화륜(火輪)에 묶여서 고문을 당하는 것과 같은 지옥의 고역을 댓가로 그의 광란한 마음은 비로소 실체를 파악하게 된다. 셰익스피어에 있어 충성과 망은은 가장 큰 미덕과 악덕의 대립적인 주제이기도 하다. 충성은 인간의 정신을 순화시켜 주고, 악덕은 인간의 영혼을 지옥의 업화(業火)로 몰아 넣게 마련이다. 맥베드의 말처럼 원래 서투른 배우에 지나지 않는 우리의 인생은 지적인 통찰력이 결핍된 경우에는 실체를 파악하지 못하는 오류를 범하게 마련이다.

그러나 이러한 오류는 시련과 진통의 댓가로 비로소 시정되게 된다. 글로스터 백작의 경우도 그렇다. 그는 서자 에드먼드의 감언이설을 곧이듣고 적자 에드거의 진실을 멀리한다. 이 역시 허위와 진실을 간파하지 못한 경우이며 그 역시 악인들에 의해 두 눈을 뽑히고 나서야 겨우 심안(心眼)으로 진실을 보게 된다. 이와 같은 역설은 셰익스피어의 여러 극의 단면이기도 하다.

리어 왕은 코델리아의 진실을 알아보지 못했던 탓으로 광란의 연옥(煉獄)을 헤매야만 했다. 이러한 리어 왕과 글로스터는, 이 같은 시련의 대가를 치른 후 비로소 눈을 뜬다. 그러나 이 극의 악인에 의해 표현되는 망은·배신·이기

·야욕 등은 구원받을 희망이 없는 것이다. 이 극의 선인들, 리어 왕을 비롯하여 글로스터·켄트·에드거·코델리아는 모두 다 업화와도 같은 고난을 용케 이겨냄으로써 마침내 초월되고 승화된 미(美)의 경지에 이른다.

이 밖에도 이 극은 여러 가지 문제를 내포하고 있다. 인간의 목숨을 파리 목숨같이 생각하고 있는 듯한 신에 대한 문제, 선인과 악인을 가리지 않는, 무자비한 정의(正義)에 대한 문제, 그리고 이 극에서 여러 번 되풀이되고 있는 자연(自然)의 심상(心像) 등.

≪리어 왕≫세계의 자연관은 불가사의하고 때로는 아름답기조차 하다. 이 극의 인물들은 숙명적으로 고난과 갈등을 안고 태어났으며, 그들은 동물로부터 인간으로 탈바꿈하는 데 있어 커다란 진통을 겪어야만 했다. 그들의 마음은 모두 다 자기 분열의 고통을 체험한다. 그러나 고난을 겪는 과정에서 계시적인 사랑과 위대한 신의 존재를 인식하게 된다. 더구나 이 극의 악인들은 자신과 타인들에게는 불행을 안겨주며 그 사악한 인간성은 자학적이자 자기 모순적이다. 그러나 선인들뿐 아니라, 거너릴이나 리건이 에드먼드 등의 악인들조차도 마침내는 사랑을 깨닫고 이를 위해 죽는다. 셰익스피어의 비극에서는 이와 같이 고난의 향불이 신의 제단에 바쳐짐으로써 비로소 인간의 영혼은 구제된다.

리 어 왕

전 5 막

▩ 장소와 나오는 사람들

장 소
   브리턴

나오는 사람들
   리어 왕 브리턴 왕
   프랑스 왕
   버간디 공작
   콘월 공작
   올버니 공작
   겐트 백작
   글로스터 백작
   에드거 글로스터의 嫡子
   에드먼드 글로스터의 庶子
   큐어런 廷臣
   노인 글로스터의 하인
   시의
   광대
   오즈왈드 거너릴의 집사
   대장 에드먼드의 부하
   신사 코델리아의 시종
   전령사
   콘월의 하인
   거너릴 리어 왕의 맏딸
   리 건 리어 왕의 둘째딸
   코델리아 리어 왕의 막내딸
   그 밖에 리어 왕의 기사, 부대장, 사자들, 병사들, 시종들

제 1 막

제 1 장

　　리어 왕의 궁, 알현실
　　켄트 백작, 글로스터 백작, 그의 서자 에드먼드 등장

켄 트　국왕께서는 콘월 공작보다 올버니 공작을 더 생각하고 계시는 것 같군요.

글로스터　늘 그런 것 같더군요. 하지만 영토 분배에 있어서는 어느쪽을 더 생각하고 계시는지 분간하기 어려울 정도로 똑같이 분배가 잘 되어 있어놔서 어느 쪽을 아무리 세밀히 조사해 보아도 그 어느쪽의 몫이 더 낫다고는 할 수 없는 것 같소.

켄 트　저 사람은 아드님입니까?

글로스터　양육은 내가 했습니다만, 저애를 내 아들이라고 할 적마다 어떻게나 얼굴을 붉혀 왔던 지 지금은 철면피가 돼버렸습니다.

켄 트　무슨 얘긴지 알아들을 수가 없는데요.

글로스터　저애 어미는 내 말을 잘 알아듣고 배가 점점 불룩해졌지요. 그래서 침상에 남편을 맞이하기도 전에 요람에 제 아이를 재우게 되었답니다. …….

나쁜 냄새가 나는 것 같지요?

켄트 글쎄, 그 나쁜 짓의 결과로 아드님이 저렇게 훌륭하니, 그런 잘못은 오히려 잘하신 일이지요.

글로스터 그러나 내게는 정당한 적자(嫡子)가 하나 있는데, 특별히 귀엽지는 않지만 이놈보다 한 살 더 웁니다. 이놈은 누가 기다리기도 전에 주제넘게 태어난 놈입니다만 이놈의 어미는 예쁘고, 이놈이 생겨나기 전에는 상당히 재미를 보았기 때문에, 사생아지만 자식으로 인정할 수밖에 없지요. 에드먼드야, 넌 이 어른을 뵌 적이 있니?

에드먼드 아뇨, 없습니다.

글로스터 켄트 백작이시다. 내가 존경하는 친구분이시니 앞으로 잘 모셔라.

에드먼드 인사드립니다.

켄 트 여, 잘 있었나! 이제 가까이 지내세.

에드먼드 앞으로 각하의 의향에 맞도록 노력하겠습니다.

글로스터 이놈은 9년 동안을 외국에서 지냈는데 또 가기로 돼 있죠. (나팔소리) 국왕께서 나오십니다.

> 왕관을 받든 자를 선두로 리어 왕, 콘월, 올버니, 거너릴, 리건, 코델리아, 시종들 등장

리어 왕 글로스터, 프랑스 왕과 버간디 공작의 접대를 부탁하오.

글로스터 예, 분부대로 하겠습니다.

글로스터와 에드먼드 퇴장

리어 왕 그 동안에 지금까지 짐이 가슴 속에 품고 있던 계획을 말하겠다. 그 지도를 다오. 우선 나는 내 왕국을 셋으로 나누어 놨다. 짐의 확고한 결심인즉, 이제 모든 정치적 근심과 국사를 이 노인의 어깨로부터 젊고 기운 있는 사람들에게 이양하고, 홀가분한 몸으로 죽음으로의 여행을 떠날 참이다. 사위 콘월 공과 또 사랑하는 사위 올버니 공에게 말하겠는데, 짐은 딸들 각각의 결혼 재산을 발표하려고 한다. 이는 오직 후일의 싸움의 씨를 없애기 위해서다. 프랑스 왕과 버간디 공작은 짐의 막내딸의 사랑을 구하여 서로 경쟁하며, 벌써 오랫동안 이 궁정에 머물러 왔는데, 오늘 여기서 그 대답을 듣게 될 것이다. 자, 딸들아, 짐은 이제부터 국가의 통치권이며 영토 소유권이며 행정 관리권 등을 모두 벗어버릴 작정인데, 대체 너희들 중 누가 제일 이 아비를 사랑하고 있는지 말해 봐라. 짐에 대한 사랑과 효성이 제일 많은 딸에게 짐은 제일 큰 몫을 주겠다. 거너릴아, 맏딸이니 너부터 먼저 말해 봐라.

거너릴 저는 말로는 도저히 표현할 수 없을 만큼 아버님을 사랑합니다. 시력(視力)보다도, 자유로 처분할 수 있는 넓은 토지보다도 소중한 분으로서, 값지고 희귀한 어느 것 보다도 귀중하고, 사랑과 미와 건강과 명예가 구비된 생명보다도 소중한 분으로서, 일찍이 자식이 바치고 어버이가 받은 바 있는 최대의 애정을 가지고 아버지를 사랑합니다. 숨이 차고 말이 막힐 만한 효성을 가지고, 무엇하고도 비교할 수 없는 애정을 가지고 아버지를 사랑하고 있습니다.

코델리아 (방백) 이 코델리아는 무어라 할까! 나는 잠자코 사랑하고만 있어야지.

리어 왕 (지도를 가리키면서) 이 경계선부터 이 선까지, 울창한 숲과 기름진 평야와 어획 많은 강과 광막한 목장이 있는 이 경계선내 전부를 너의 영토로 하겠다. 이것은 영원히 너와 올버니와의 자손의 것이다. 다음, 내가 지극히 사랑하는 둘째딸 리건, 콘월 부인은 뭐라고 말하겠느냐?

리 건 저도 언니와 꼭 같은 심정입니다. 그러니 가치도 동등하다고 생각하고 있어요. 정말이지 언니는 저의 효성을 그대로 표현했어요. 다만 말의 부족을 첨가한다면, 저는 어떠한 고귀한 사람이 누리는 낙일지라도 효성 이외의 낙은 적으로 생각하고, 소중한 아버님께 대한 사랑에서만 오직 행복을 느끼고 있습니다.

코델리아 (방백) 다음은 가엾은 코델리아! 하지만 그렇지도 않지. 나의 애정은 말로는 표현 못할 만큼 무게가 있으니까.

리어 왕 이 훌륭한 국토의 삼분의 일이 너와 네 자손의 영원한 영토다. 넓이로나 가치로나, 기쁨을 주는 능력으로나, 거너릴에게 준 것에 조금도 손색이 없다. 다음은 나의 기쁨거리인 네 차례. 막내지만 나의 사랑은 결코 막내 몫이 아니다. 맛 좋은 포도의 나라 프랑스 왕과 넓은 목장을 가진 버간디 공작이 너의 사랑을 얻으려고 지금 경쟁을 하고 있는 중이지만, 언니들 것보다 더욱 비옥한 세째 영토를 받기 위하여 너는 무어라 말하겠느냐?

코델리아 아무 할 말이 없습니다.

리어 왕 아무 할 말이 없어?

코델리아 아무 할 말이 없습니다.

리어 왕 아무 할 말이 없으면 아무 소득이 없을 것이니, 다시 말해 봐라.

코델리아 불행하게도 저는 제 심중을 말할 수가 없습니다. 저는 아버님을 자식의 의무로써 사랑합니다. 그 이상도 그 이하도 아닙니다.

리어 왕 뭐라구? 코델리아! 말을 좀 고쳐함이 어떠냐? 네 재산이 손해를 입지 않도록.

코델리아 아버님, 아버님은 저를 낳으시고, 기르시고 그리고 사랑해 주셨습니다. 그 은혜의 보답으로 저는 당연히 해야 할 의무를 다하겠습니다. 아버님께 복종하고 아버님을 사랑하고 아버님을 누구보다도 공경합니다. 언니들은 오직 아버님만을 사랑한다고 하면서, 왜 남편을 맞았을까요? 아마 제가 결혼한다면, 저와 맹세를 하는 남편은 저의 애정과 심로와 의무의 절반을 가져갈 것입니다. 저는 언니들처럼 오직 아버님만을 사랑하려면 결혼은 하지 않겠어요.

리어 왕 그게 네 본심이냐?

코델리아 네.

리어 왕 그렇게 젊으면서 그렇게 완고할 수가?

코델리아 젊지만 마음은 정직합니다.

리어 왕 좋다. 그러면 그 정직을 네 지참금으로 삼아라! 태양의 성스러운 위광에 두고, 밤의 마귀 헤카테의 암야의 비법(秘法)과 우리의 생사를 좌우하는 성신(星辰)의 작용에 두고 맹세하지만, 나는 아비로서의 애정도, 핏줄이 가깝고 피가 같다는 것도 모두 부정하고, 이제부터 영구히 너를 나와는 아무 관계 없는 남남으로 생각하겠다. 시디어의 야만인이나 식욕을 채우기 위해서 제 육친을 잡아먹는 놈을 오히려 이 가슴에 가깝게 여기고 측은하게 생각하여 도와줄 테다, 한때 딸자식이었던 너보다는.

켄트 폐하…….

리어 왕 듣기 싫다. 켄트! 용의 노여움을 사지 마라. 내가 제일 사랑하고, 나는 저 손에 보호 받아 여생을 보낼 참으로 있었던 것이다. (코델리아에게) 나가라, 보기 싫다!……. 저 애와는 아비로서의 애정을 끊은 만큼, 이제는 무덤이 내 안식처가 될 수밖에! 프랑스 왕을 불러라! 아무도 달싹하지 않느냐? 버간디 공작을 불러! 콘월과 올버니는 두 딸에게 준 재산 외에 세째에게 주려던 재산도 갈라 가져라. 너는 정직이라는 오만심을 지참금 대신 가지고 시집을 가려무나. 너희 둘에게만 나의 권리와 통치권

과 왕위에 따르는 모든 아름다운 의장을 일체 양도
하겠다. 나는 다달이 일백 명의 기사를 거느리고
너희들 부양 아래, 한달씩 교대로 두 집에 머무르
면서 생활하기로 하겠다. 나는 오직 왕이라는 명칭
과 명예만을 보유하고, 국가의 통치며 수입이며 기
타의 집행권은 일체 너희들 두 사위에게 맡기겠다.
그 증거로 이 자리에서 이 왕관을 둘에게 공용으로
주겠다.

켄 트 폐하! 항상 국왕 폐하로서 공경하고 부친같이
사모하여 군주로서 따르고, 그리고 위대하신 보호
자로서 제가 신에게 기도하는…….

리어 왕 활은 당겨졌으니, 화살에 맞지 않게나 해라.

켄 트 차라리 쏘십시오, 그 활에 제 심장이 뚫리는 한
이 있더라도 괜찮습니다! 리어 왕의 마음에 광기가
있으시다면 켄트도 예의만 지키고 있을 수는 없습
니다. 왜 이러십니까? 국왕이 아부에 굴복할 때에
충신이 간언하기를 두려워한다고 생각하십니까?
임금이 어리석은 행동을 할땐, 명예를 존중하는 정
신이라면 진언을 아니할 수 없는 법입니다. 왕권을
그전대로 보존하십시오. 제 판단이 틀렸다면 목숨
을 내놓겠습니다만, 막내따님은 절대로 효심이 뒤

떨어지는 것이 아닙니다. 또한 목소리가 낮아, 쩡쩡 울려 대지 않는다 해서 진심이 비어 있는 것도 아닙니다.

리어 왕 목숨이 아깝거든 아무 말도 마라, 켄트!

켄 트 제 목숨은 전하의 적과 싸우기 위해선 언제라도 버릴 각오입니다. 전하의 일신을 위해서 버린다면 조금도 아깝지 않습니다.

리어 왕 물러가라, 보기 싫다!

켄 트 눈을 뜨고 잘 보십시오. 그리고 항상 저를 전하의 진정한 과녁으로 삼으십시오.

리어 왕 정말 아폴로 신에 두고 맹세하지만……

켄 트 정말 아폴로 신에 두고 맹세하지만, 전하의 맹세는 쓸데없습니다.

리어 왕 이 불충자! 불신자! (칼에 손을 댄다)

올버니, 콘월 참으십쇼, 전하!

켄 트 양의(良醫)를 죽이고, 유행병 귀신에게 사례를 하십시오. 아까 하신 말씀, 취소하지 않으심, 이 목에서 소리가 나오는 한 그건 단연 잘못이라고 규탄하겠습니다.

리어 왕 이 고얀 놈아! 충성을 잊지 않았다면 내 엄명을 들어 봐라! 짐이 이때까지 깨뜨려 본 일이 없는 이 맹세를 너는 짐으로 하여금 깨뜨리게 하려고 했을 뿐 아니라, 불손한 태도로써 짐의 선고와 왕권 사이에 방해를 놓고, 인정상으로나 지위상으로나 도저히 참지 못할 일을 짐으로 하여금 하게 하려고 한 것이니……. 자, 국왕의 실권이 어떠한 것인지 맛을 좀 보아라. 5 일간 여유를 주겠으니 그 동안에 세파의 재난을 피할 수 있는 준비를 해라. 다만 엿새째는 이 왕국으로부터 그 밉살스런 등을 돌려라. 만약 열흘 후에도 추방된 몸을 국내에 둔다면 발견하는 즉시 사형에 처하겠다. 나갓! 주피터 신에게 두고 맹세하지만, 이 선고는 절대로 취소하지 않겠다.

켄 트 그럼 안녕히 계십시오. 정 그러시다면 이 나라에는 자유는 없고 추방만이 있을 뿐입니다. (코델리아에게) 모든 신께서 공주님을 보호해 주소서……. 공주님의 마음은 정당하고, 말씀은 성실하였습니다. (리건과 거너릴에게) 두 분의 거창한 말씀이 실행되고, 효심의 말에서 좋은 결과가 돌아나기를 빕니다. 그리고 아, 두 분 공작 각하! 켄트는 이렇게 작별의 인사를 드립니다. 이제 새로운 나라에서 그 전대로 살아 보겠습니다. (켄트 백작 퇴장)

> 우렁찬 나팔 소리. 글로스터, 프랑스 왕과 버간디 공작을 안내
> 하여 등장

글로스터 프랑스 왕과 버간디 공작을 모셔왔습니다.

리어 왕 버간디 공작, 공작에게 먼저 묻겠는데, 여기 계신 프랑스 왕과 더불어 짐의 막내딸을 두고 경쟁하는 공작은, 대체 딸의 당장의 지참금조로 최소한 얼마만큼을 요구하시오? 아니면 이대로 구혼을 포기하시겠소?

버간디 국왕 전하, 이미 정해 놓으신 몫 이상은 바라지도 않고, 또 전하께서 그 이하를 주시리라 생각지도 않습니다.

리어 왕 버간디 공작, 저애가 귀여웠던 시절엔 짐도 그렇게 생각했으나, 지금은 그 가치가 떨어졌소. 저기 저렇게 서 있소. 저 작은 몸 속 어디가, 또는 저 몸 전부가 마음에 드시거든 내 노기밖에는 아무 것도 안 가진 벌거숭이니까, 어서 데려가시오.

버간디 전하, 뭐라고 말씀 드릴 수 없습니다.

리어 왕 결점투성이에다 편들어 주는 사람도 없이 아비의 미움까지 받고 있고, 거기에다 아비의 저주를 지참금으로 하여 아비의 맹세로 의절당한 딸년인데, 그래도 맞아 가겠소, 또는 포기하겠소?

버간디 미안하지만 전하, 그러한 조건으로는 도저히 연분이 될 수 없습니다.

리어 왕 그럼 포기하오. 나를 만들어 주신 신에 두고 맹세하지만, 저애 재산은 그것이 전부니까요. (프랑스 왕에게) 대왕이여! 대왕과의 평소 정분을 생각하면, 내가 증오하는 딸을 감히 아내로 삼으라고 하지는 못하겠소. 그러니 피를 나눈 아비가 자기 자식이라고 인정하는 것조차 창피하게 여기는 몰인정한 년보다는 더 훌륭한 여자에게 그 사랑을 돌리도록 하시오.

프랑스 왕 참으로 기괴한 일입니다. 조금 전까지도 지극한 사랑의 대상으로, 칭찬의 주제요, 고령의 위안이요, 가장 크고 깊은 사랑의 대상이던 따님이 무슨 나쁜 죄를 범했기에 순식간에 그렇게도 여러 겹의 총애를 잃게 됐나요! 정녕 그 죄는 인륜에 어긋나는 해괴한 죄과이겠지요. 그런 게 아니라면 그렇게도 자랑이시던 사랑이 타락해 버린 거겠지요. 하지만, 따님에게는 그런 일이 있으리라고는, 기적이 아니고서는 이성으론 믿어지지 않습니다.

코델리아 (리어 왕에게) 전하께 부탁드립니다……. 제가 마음에 없는 것을 술술 잘 지껄이지 못하는 것이

흠일지라도, 저는 마음에 생각한 것을 말보다는 실행을 합니다. 그러니 부디 한 마디만 변명케 해주십시오. 제가 아버님의 총애를 상실한 것은 결코 악덕의 오명, 살인 또는 망측한 과오 때문이거나, 음탕한 짓, 혹은 불명예스런 행동 때문이 아니라, 단지 남의 안색을 살피는 눈이나 아첨하는 혓바닥을 가지지 않았기 때문입니다. 그런 것이 없어서 아버님의 역정을 샀을지라도 그런 것은 없는 편이 오히려 인간으로서 훌륭하다고 생각됩니다.

리어 왕 너 같은 건 차라리 태어나지 않았더라면 좋았을 것을, 아비의 마음에 거슬리는 건 고사하고라도.

프랑스 왕 단지 그런 이유로? 마음먹은 것을 말로 하지 않고 실천하는, 말수 적은 천성 때문에? 버간디 공작, 공작은 이 따님께 뭐라고 답변하시겠습니까? 사랑이 본질을 떠나 타산적이라면, 그것은 진정한 사랑이 아닙니다. 결혼을 하시겠습니까? 공주님은 인품 자체가 훌륭한 결혼 지참금입니다.

버간디 국왕 전하, 처음 전하께서 주시기로 한 것만이라도 주시오. 그러면 이 자리에서 곧 코델리아 공주를 아내로 맞아, 버간디 공작 부인으로 삼겠습니다.

리어 왕 아무것도 못 줘. 천지 신명께 굳게 맹세하지만.
버간디 그러시다면 유감스럽지만, 아버지를 잃었기 때문에 남편도 잃을 수밖에 없습니다.
코델리아 안심하셔요, 버간디 공작! 재산을 노리는 혼담이라면 거절하겠어요.
프랑스 왕 아름다운 코델리아 공주, 당신은 아무것도 없어도 가장 부유하고, 버림받았어도 가장 소중하며, 멸시를 받았어도 가장 사랑받는 분입니다. 미덕을 가진 당신을 나는 이 자리에서 내 손에 넣겠소. 버려진 것을 줍는 것은 괜찮겠죠. 참 이상하게도 주위 사람들은 몹시 멸시하는데, 오히려 나의 마음은 불이 붙어 사랑이 화염같이 갑자기 더 일어나는 구료! 전하! 지참금도 없이 우연히 내게 내던져진 따님은 저의 아내, 우리 국민의 왕후, 우리 프랑스의 왕비입니다. 그 음울한 버간디 공작이 떼를 지어 오더라도, 값을 모를 만큼 귀중한 이 아가씨를 내게서 사가지는 못합니다. 코델리아 공주, 저분네들에게 인정이 없다 하더라도 작별 인사는 하시오. 이곳을 떠나도 더 좋은 곳이 있소.
리어 왕 저애를 맡아서 전하의 것으로 하시오. 나에게는 저런 딸년은 없소. 두 번 다시 얼굴을 보고 싶지도 않다. 빨리 떠나라! 은혜도 애정도 축복도 못 주겠다. 우린 들어갑시다. 버간디 공작.

> 나팔 소리. 리어 왕, 버간디 공작, 콘월, 올버니, 글로스터, 그 밖의 시종들 퇴장

프랑스 왕 언니들에게 작별 인사를 하오.

코델리아 아버님의 소중한 언니들, 코델리아는 눈물을 흘리며 작별하겠어요. 언니들의 본심은 잘 알지만 동생으로서 결점을 공개하기는 싫어요. 다만 아버님을 잘 모시세요. 아까 언니들이 공언한 효도에 아버님을 맡기겠어요. 아, 내가 아버님의 사랑을 잃지 않았더라면 아버님을 좀더 좋은 곳에 부탁하는 것을. 그럼 두 분 언니, 안녕히.

거너릴 네가 우리의 할 일을 지시할 필요는 없어.

리 건 그것보다 네 남편의 비위나 잘 맞춰라. 자선을 한 셈치고 너를 받아들인 남편이니까. 효도가 부족하니 네가 당한 곤란은 당연하지.

코델리아 때가 되면 술책은 탄로나고, 허물은 감추고 있어도 마침내는 창피를 당하여 웃음거리가 되고 말 거야. 그럼 두고두고 행복하세요.

프랑스 왕 자, 갑시다. 코델리아.

프랑스 왕과 코델리아 퇴장

거너릴 이봐, 우리 둘에게 직접 관계 있는 일을 좀 의논해야겠어. 아버님은 오늘밤에 떠나실 것 같구나.
리 건 그래요, 언니네 집으로. 그리고 다음 달에는 우리 집으로.
거너릴 늙으셔서 망령이 심하시구나. 잘 관찰해 보니 어지간하시더라. 여지껏 줄곧 막내를 제일 애지중지해 왔으면서 터무니없이 추방해 버리다니, 너무 무모하시잖니.
리 건 망령이 나신 거지 뭐예요. 하지만 여태까지도 아버진 자신에 관해서는 잘 알지 못 하셨지요.
거너릴 가장 건전하셨을 때도 성미가 급하셨는데, 이제는 늙으셔서 오랫동안 고질이 된 성벽, 늙어서 더욱 성미를 부리니 걷잡을 수 없는 망령이지 뭐야. 이젠 우리가 꼼짝없이 당할 수밖에 없게 됐구나.
리 건 우리도 켄트의 추방처럼 언제 무슨 화를 입을런지 몰라요.
거너릴 아직 저기서는 프랑스 왕과의 작별 인사로 번잡해. 이봐, 둘이 같이 대비하자. 만약 아버지가 지금 같은 태도로 위세를 부리신다면 이번의 은퇴는 우리들에게 오히려 해가 될 뿐이다.

리 건 앞으로 잘 생각해 봅시다.
거너릴 무슨 조치를 해야겠다, 빨리.

    두 사람 퇴장

제 2 장

글로스터 백작의 저택
에드먼드, 한 통의 편지를 들고 등장

에드먼드 자연이여, 너는 내 행운의 여신이다. 너의 법칙에 나는 봉사할 작정이다. 무엇 때문에 빌어먹을 습관에 복종하고, 쓸데없는 소리에 구속되어 재산 상속권을 박탈당해야 한담? 형보다 열두 달내지 열석 달쯤 늦게 태어났다고 해서? 왜 사생아란 말이냐? 무엇이 첩의 자식이란 거냐? 나 역시 육체는 균형이 잘 잡혀 있고, 우아하고, 체격도 근사하다. 어디가 정실의 자식보다 빠지냐? 왜 우리에게 서자라는 낙인을 찍는가? 왜 서출이란 말이야? 어째서 비천하지? 뭣이 비천하단 말이야? 서출, 서출이라고? 야성의 욕정에 못이겨 남의 눈을 피해서 생겨난 인간이다. 체력이며 기력이 월등한 것이 당연하지. 재미없고 김새고 싫증난 잠자리에서, 생신지 잠결인지 모르는 사이에 생긴 바보의 무리와는 다르다. 자! 그러니 적자인 에드거 형, 형의 재산은 내가 차지해야겠어. 아버지의 사랑은 적자와 마찬가지로 서출인 이 에드먼드에게도 차별은 없어. 적자, 좋은 말이다! 자, 적자 형님, 만일 이 편지대로 일이 성공만 하면, 서자인 에드먼드가 적자를 누르게 되지. 나는 앞으로 성공하고 출세할 것이다. 아, 여러 신들이여, 서자 편을 들어 주십소서!

글로스터 등장

글로스터 켄트는 저렇게 추방당하고, 프랑스 왕은 성이 나서 가버리고, 전하께서는 왕권은 양여하시고, 일정한 생활비만을 받기로 하시곤, 어제밤에 떠나버리셨다. 그런데 이게 다 갑자기? 에드먼드야, 웬일이냐? 무슨 소식이냐?

에드먼드 (편지를 감추면서) 아버지, 아무것도 아닙니다.

글로스터 왜 그렇게 기겁을 해서 그 편지를 감추려고 하느냐?

에드먼드 세상 소식은 아무것도 모릅니다.

글로스터 지금 무슨 편지를 읽고 있었느냐?

에드먼드 아무것도 아닙니다, 아버지.

글로스터 아무것도 아니라고? 그럼 왜 그렇게 기겁을 해서 호주머니에 쑤셔 넣어야 하느냐? 아무것도 아니라면 감출 필요없잖니. 어디 좀 보자. 자, 아무것도 아니라면 안경도 필요없겠구나.

에드먼드 아버님, 용서해 주십시오. 실은 형님에게서 온 편지입니다. 아직 다는 안 읽어 봤지만, 읽어 본 곳까지로 봐서는 아버진 보심 안 될 것같습니다.

글로스터 그 편지를 이리 내놔라.

에드먼드 안 보여 드리자니 역정을 내실 거구, 그렇다구 보여 드려도 역정을 내실 거구. 아직 부분적으로 밖에는 모르겠습니다만, 내용이 아주 좋지 않습니다.

글로스터 빨리 보자, 빨리.

에드먼드 형님의 변명을 해두겠습니다만, 아마 이것은 저의 효심을 시험해 보고 떠보느라고 쓴 것 같습니다.

글로스터 (읽는다) '노인을 공경하는 세상의 인습 때문에 인생을 가장 향락할 수 있는 청춘 시절을 쓸쓸하게 지내야 하고, 상속받을 재산도 쓰지 못한 채 늙어서, 참담게 맛을 즐길 수 없게 된다. 나는 노인들의 포악한 폭정에 복종하는 것은 어리석은 속박임을 통감하기 시작하고 있다. 노인들이 우리를 지배함은 실력이 있어서가 아니라, 우리가 감수하기 때문이니라. 이 일에 관해서 의논해야겠으니 내게로 좀 와 다오. 만약 내가 잠을 깨게 할 때까지 아버지가 주무시기만 한다면, 아버지의 수입의 절반은 영원히 너의 몫이 될 것이며, 너는 나의 사랑을 받는 아우로서 지내게 될 것이다. 에드거로부터' 음, 음모로구나! '내가 잠을 깨게 할 때까지 주무시기만 한다면 아버지의 수입의 절반은 영원히 너의 몫이 될 것이다' 아들놈 에드거가! 그놈이 이런 것을 쓸 손목을 가졌던가? 그놈이 이런 음모를 꾸밀 심장과 두뇌를 가졌던가? 언제 왔느냐, 이 편지는? 누가 가져왔느냐?

에드먼드 누가 가져온 것이 아닙니다. 교묘하게도 저의 방 창문 안으로 던져넣어져 있었습니다.

글로스터 이것은 분명히 네 형의 글씨지?

에드먼드 내용이 좋다면 형님 글씨라고 단언하겠습니다만, 이래서야 그렇지 않다고 생각해 두고 싶습니다.

글로스터 분명히 네 형의 글씨다.

에드먼드 글씨는 형님의 글씨지만, 설마 형님의 본심은 그렇지 않을 겁니다.

글로스터 그놈이 이 문제에 대해서 종전에도 네 마음을 떠본 일은 없었느냐?

에드먼드 그런 일은 한 번도 없었습니다. …… 하지만 종종 들은 적은 있는데, 형님은 이렇게 말하더군요. 자식이 성장하면 노쇠한 부친은 자식의 보호를 받고, 아버지의 수입은 일체 자식이 처리하는 것이 당연하다고 말입니다.

글로스터 오, 악당! 편지의 내용이 꼭 그렇다! 흉측한 악한, 짐승 같은 놈! 짐승보다 더 고얀 놈! 너, 그놈을 찾아오너라. 그놈을 체포해야겠다. 무도한 악당! 그놈은 지금 어디 있냐?

에드먼드 잘 모르겠습니다. 그러나 잠시 노기를 참으시고, 더 확실한 증거를 잡을 때까지 형님의 마음을 살피시는 게 어떻겠습니까. 그것이 상책일 것 같습니다. 만일 형님의 뜻을 오해하시고 과격한 수단을 취하신다면, 아버님 명예에 큰 흠이 생기고 형님의 효심을 산산이 짓밟게 될지도 모릅니다. 형님을 위해서 제 목숨을 걸고 보증하겠습니다만, 형님은 저의 효심을 시험하려고 이런 편지를 쓴 것임에 틀림없을 겁니다. 결코 무슨 위험한 의도가 있는 것은 아닐 것입니다.

글로스터 너는 그렇게 생각하느냐?

에드먼드 아버님께서 지장만 없으시다면, 형님과 제가 이 일에 관해서 의논하는 것을 엿들을 수 있는 곳으로 안내해 드릴 테니, 숨어서 아버님 귀로 사실을 충분히 들어 보시면 어떻겠습니까? 곧 오늘 밤이라도 안내해 드리겠습니다.

글로스터 설마, 그놈이 그럴 수가!

에드먼드 그야 그렇습니다.

글로스터 이렇게 진심으로 사랑하는 제 아비에게! 하늘이여, 땅이여, 에드먼드야, 그놈을 찾아내 가지고, 알겠니? 그놈의 진심을 간접적으로 알아내 봐 다오. 네 재주껏 수단을 부려 봐라. 내 지위나 재산을 희생해서라도 확실한 진상을 알아내야겠다.

에드먼드 염려 마십시오, 형님을 당장 찾아내겠습니다. 그리고 있는 수단을 다해서 일을 진행시켜 가지고, 곧 진상을 알려드리겠습니다.

글로스터 최근의 일식과 월식은 불길한 징조다. 학자들은 자연의 법칙에 비춰서 이러쿵저러쿵 이유를 붙이지만, 그런 변고 때문에 인간계(人間界)는 확실히 재앙을 받게 마련이거든. 애정은 식고, 우의는 깨지고, 형제는 반목하거든. 도시에는 폭동, 지방에는 반란, 궁중에는 역모(逆謀)등이 일어나고, 부자 사이의 의는 끊어진다. 이 흉악한 아들놈의 경우도 그 전조가 들어맞는 것이다. 자식은 아비를 배반하고, 임금은 천성에 어긋나는 행동을 하고, 아비는 자식을 버리고, 이제 세상은 말세다. 음모·허위·배신 기타 모든 망조가 든 혼란이 무덤에까지 귀찮게 우리를 쫓아오는군. 에드먼드야, 이 악당을 찾아오너라. 네게는 조금도 해가 끼치지 않게 하겠다. 용의주도하게 해라. 기품 있고 충실한 켄트가 추방당하다니. 그의 죄는 단지 정직함이었지! 정말 기괴한 일이지. (글로스터 퇴장)

에드먼드 참 우습구나. 운수가 나빠지면 제 자신의 어리석은 소행은 생각지 않고 재앙의 원인을 태양이나 달이나 별의 탓으로 돌리거든. 이건 마치 인간은 필연적으로 악한이 되고 우린 마치 천체의 압박으로 바보가 되고, 별의 세력으로 악당이나 도둑이나 모반자가 되고, 별의 영향으로 주정꾼이나 거짓말쟁이나 간부(姦夫)가 되는 셈이 된다. 이건 호색한에게는 그럴싸한 책임 회피책이지. 음탕한 기질을 병 때문이라고만 하면 그만이니까! 나의 아버지는 악룡(惡龍)자리의 꼬리 밑에서 나의 어머니와 정을 통했고, 그리고 나는 큰 곰자리 밑에서 탄생했겠다. 그러기에 별의 이치로 봐서 나는 난폭하고 음탕하게 마련이지. 하지만 쳇, 내가 사생아로 태어날 때 설사 하늘에서 제일 순결한 별이 반짝이고 있었다 하더라도 나는 지금과 조금도 다르진 않았을 거다. 에드거!

   에드거 등장

에드먼드   옛 희극의 끝장 식으로 때마침 잘 나타나는구나! 내 역은 우울한 표정으로, 미치광이 거지 톰같이 한숨을 몰아쉬는 데서부터 시작해야지……. 아, 요사이 일식 월식은 그런 불화의 전조였구나! 파, 솔, 라, 미.

에드거   왜 그러니, 에드먼드야? 뭘 그렇게 골똘히 생각하고 있니?

에드먼드   형님, 저는 요전에 읽은 예언을 생각하고 있어요. 요즘 있었던 일식 월식 뒤에는 어떤 일이 일어날까 하고.

에드거   넌 그런 일에 몰두하고 있니?

에드먼드   그 예언서에 씌어 있는 그대로가 불행히도 하나하나 실제로 일어나는군요. 예를 들면, 부자간의 불목, 변사(變死), 식량 부족, 오랜 우의의 파괴, 국내 분열, 왕과 귀족에 대한 협박과 험구, 이유없는 의혹, 친구의 추방, 군대의 해산, 부부의 이혼

등등 이 밖의 여러 가지 흉사말입니다.

에드거 대체 언제부터 너는 점성술을 연구해 왔니?

에드먼드 언제 아버님을 뵈었습니까?

에드거 간밤에.

에드먼드 같이 이야기하셨어요?

에드거 암, 두 시간 동안이나.

에드먼드 좋은 기분으로 작별하셨습니까? 아버님의 말투나 안색이 화나신 것같진 않았습니까?

에드거 전혀, 그런 것은.

에드먼드 혹시 아버님의 비위에 거슬리는 말씀은 안하셨습니까? 잘 생각해 보세요. 아무튼 부탁입니다만, 아버님의 맹렬한 노여움이 누그러지실 때까지 잠시 아버님 앞을 피하십시오, 대단히 화를 내고 계시니. 형님을 살해하실는지도 모릅니다. 그 노기로는 그냥 계실 것 같지 않습니다.

에드거 어떤 놈이 나를 모함했구나.

에드먼드 그게 나도 염려하는 점입니다. 그러니 아버지의 노기가 좀 가라앉을 때까지는 꾹 참고 계십시오. 우선 제 방에 가 계십시오. 그러면 기회를 봐서, 아버님 말씀이 잘 들리는 곳으로 안내해 드릴 테니까요. 자, 어서 갑시다. 열쇠는 여기 있습니다.

외출할때는 무장을 하고 다니세요.

에드거 무장을?

에드먼드 형님, 진정으로 형님을 생각해서 하는 충고입니다. 형님께 호의를 가진 자가 하나라도 있다고 하면 저는 정직한 사람이 아닙니다. 저는 보고 들은 것을 얘기한 것뿐입니다……. 하지만 대강 얘기했을 뿐이고, 그 무서운 진상을 도저히 말로는 다 할 수 없습니다. 자, 어서 저리!

에드거 곧 사정을 알려주겠니?

에드먼드 이번 일은 제가 힘이 돼드리겠습니다. (에드거 퇴장) 아버지는 쉽게 곧이듣고, 형은 마음씨가 좋지! 형은 자기가 남에게 나쁜 짓을 안하니까, 남을 의심하지도 않거든. 그 고지식함을 이용하여 내 계략은 쉽게 진행되어 간다! 일은 다 된 셈이다. 혈통으로 안 된다면 꾀로라도 영지를 차지해야겠다. 목적을 위해서는 수단을 가릴까 보냐.

에드먼드 퇴장

제 3 장

올버니 공작 저택의 한 방
거너릴과 그의 집사 오즈왈드 등장

거너릴 아버지의 광대를 나무랬대서, 아버지가 우리 집사를 때렸다는 거냐?

오즈왈드 네, 그렇습니다.

거너릴 기가 막혀! 밤낮으로 내게 욕만 보이시는구나. 시간마다 이래저래 나쁜 짓만 하시고, 그럴 적마다 집안이 온통 난장판이구나. 이제는 참을 수 없어. 아버님의 기사들은 난폭해지고, 아버님 자신은 사소한 일에도 우리를 야단만 치시는구나. 사냥에서 돌아오셔도 나는 인사도 하지 않을 테야. 몸이 편찮으시다고 해요. 너도 이제부터는 소홀하게 응대해도 괜찮아. 모두 내가 책임지겠다.

오즈왈드 돌아오시는 모양입니다. 뿔나팔 소리가 들립니다.

거너릴 될 수 있는 대로 냉담한 태도를 해요! 너도, 그리고 다른 하인들도, 그것을 문제삼아 올 정도로 해봐. 못마땅하시면 동생에게로 가시라지. 동생도 나와 같은 마음이니까, 잠자코 그냥 있지는 않을 거야. 망령 난 노인 같으니! 일단 양도한 권력을 언제까지 휘두르겠다고. 정말 늙으면 갓난애가 된다니까. 비위만 맞춰 줘선 안 되지. 떼를 쓰기 시작하면 나무래 줘야지. 지금 일러둔 말 잊지 말아요.

오즈왈드 네, 잘 명심하겠습니다.

거너릴 그리고 아버님의 기사들에게도 냉정히 대해요. 그래서 무슨 일이 일어난다 해도 상관은 없으니까. 당신 동료들한테도 그렇게 일러요. 내가 이것을 트집 잡아서 말하고 싶은 것을 다 말해 줄 테니까. 이제 곧 동생에게 편지를 써서, 나와 보조를 같이하게 해야지. 저녁 준비를 해라.

제 4 장

올버니의 저택
변장을 한 켄트 등장

켄 트 가장해서 딴 사람 목소리로 내 말투를 감추게만 된다면, 이렇게 변장을 한 목적은 충분히 달성될 수 있을 테지. 헌데 추방당한 켄트, 널 추방한 그 분에게 봉사할 수 있다면, 네가 공경하는 주인이시다, 극진히 봉사해 드려야지.

안에서 뿔나팔 소리.
리어 왕이 기사, 시종들을 거느리고 등장

리어 왕 곧 식사를 하겠다. 한시도 지체할 수 없다. 빨리 준비하라고 해라. (시종 한 사람 퇴장) 여! 누구냐, 너는?

켄 트 남자입니다.

리어 왕 넌 뭣 하는 사람이냐? 내게 무슨 용무가 있느냐?

켄 트 보시는 바와 같은 사람입니다. 신용해 주시는 분께는 진심으로 봉사하고, 정직한 분께는 정의를 다하며, 말수 적고 현명하신 분과 교제하고, 신의 심판을 두려워하며, 부득이한 경우엔 싸움도 하는 사람입니다. 그리고 순수한 잉글랜드인입죠.

리어 왕 너는 대체 누구냐?

켄 트 꽤나 정직하고 왕같이 가난한 사람입니다.

리어 왕 왕이 왕으로서 구차하듯이 네가 신하로서 구차하다면, 넌 여간 가난하지가 않겠구나. 그래 네 소원이 뭣이냐?

켄 트 봉공을 하고 싶습니다.

리어 왕 누구에게 봉공을 하고 싶다는 거냐?

켄 트 당신에게요.

리어 왕 너는 나를 아냐?

켄 트 아뇨, 모릅니다. 그래도 당신 얼굴에는 어딘지 주인 어른이라고 부르고 싶은 데가 있습니다.

리어 왕 그것이 뭐냐?

켄 트 위엄입죠.

리어 왕 무슨 봉공을 할 줄 아느냐?

켄 트 정당한 비밀은 굳게 지킬 줄 압니다. 말도 타고, 달음질도 합니다. 복잡한 이야기는 엉망으로 만들지만, 알기 쉬운 전갈은 솔직하게 전할 수 있습니다. 보통 사람이 하는 일은 뭣이든지 합니다. 그리고 제일 좋은 장점을 말하면 부지런한 것입니다.

리어 왕 몇 살이냐?

켄 트 노래 잘 부르는 여자라 해서 그 여자에게 반할 만큼 젊지는 않지만, 형편없이 여자에게 넋을 빼앗길 정도로 늙지도 않았습니다……. 저는 벌써 마흔여덟이나 먹었습니다.

리어 왕 따라 오너라, 내 부하로 삼겠다. 식사 후에도 내 마음에 든다면 내 옆에 있게 하지. 여, 식사를! 식사를 가져와! 내 시종은 어디 갔느냐! 내 광대는? 너 가서 내 광대 좀 불러오너라. (시종 퇴장, 오즈왈드 등장) 여, 여봐라! 내 딸은 어디 있느냐?

오즈왈드 죄송합니다……. (퇴장)

리어 왕 저놈이 뭐라구! 저 멍청이 녀석을 불러! (기사 한 사람 퇴장) 내 광대 어디 있느냐? 여! 세상이 다 들었느냐? (기사 다시 등장) 어떻게 됐느냐! 그 개 같은 녀석은 어디 갔어?

기 사 그놈 말이, 공작 부인께선 편찮으시다고 합니다.

리어 왕 내가 불렀는데도 그 노예놈이 왜 안 와!

기 사 몹시 난폭한 말투로 오기 싫다고 합니다.

리어 왕 오기 싫다고?

기 사 전하! 사정은 잘 모릅니다만, 제 생각엔 이전과 비교해서 전하를 대하는 접대가 후하지 않다고 봅니다. 모두가 몹시 냉담하게 대하는 것같아 보입니다. 공작 자신과 공작 부인부터 시종들에 이르기까지 전부가.

리어 왕 음! 너도 그렇게 생각하느냐?

기 사 제가 잘못 생각했다면 용서하십시오. 하지만 전하, 전하께 소홀함이 있다고 생각 될 때는 직책상 잠자코 있을 수가 없습니다.

리어 왕 네 말을 들어 보니, 나도 생각나는 바가 있구나. 요즘 매우 소홀히 대해 오는 기색이 보이는데 이것은 그들이 실제로 불친절하다기보다는, 오히려 나 자신이 너무 의심이 많고 까다로운 탓으로 그런 줄 알고 있었다. 앞으로 잘 관찰해 보자. 그런데 내 광대는 어디 갔느냐? 이틀 동안이나 못 봤구나.

기 사 막내따님이 프랑스로 떠나시고 나서부터는 광대가 몹시 풀이 죽어 있습니다.

리어 왕 이제 그 얘긴 하지 마라. 나도 알고 있다. 가서 딸애보고 내가 좀 할 얘기가 있다고 그래라. (기사 퇴장) 넌 가서 광대를 불러오너라.

오즈왈드 등장

리어 왕 아, 여보, 여보, 이리 좀 와. 너는 나를 대체 누구로 아느냐?

오즈왈드 주인 아씨의 아버지입죠.

리어 왕 주인 아씨의 아버지라? 종놈이……. 이 개 같은 놈, 노예놈, 들개놈!

오즈왈드 실례지만 저는 그런 사람이 아닙니다.

리어 왕 이 무례한 놈아! 나를 노려봐? (상대를 때린다)

오즈왈드 왜 때려요? (리어 왕에게 덤벼들려고 할 때 켄트가 뛰어나와서 다리를 건다)

켄 트 축구나 하는 이 천한 놈아! 매는 맞지 않겠다는 거냐.

리어 왕 참 잘했다. 믿음직하다. 신세를 잊지 않겠다.

켄 트 여, 일어나 꺼져버려! 상하의 구별을 알았지? 나가, 나가! 그 등신의 길이를 한 번 더 땅에 재보고 싶거든 그렇게 그냥 있어. 그러나, 가! 이놈이 분별이 있나?

오즈왈드 퇴장

리어 왕 너는 친절한 놈이다, 고맙다. 월급을 일부 선불해 주겠다. (돈을 준다)

광대 등장

광 대 내게도 저 사람 좀 빌려 줘. 그 대신 자, 이 광대 고깔을 주지. (켄트에게 광대가 쓰는 고깔을 준다)

리어 왕 이놈아! 어떻게 된 거냐?

광 대 이것 봐, 당신은 광대 모자를 쓰는 게 좋을 거야.

켄 트 왜, 광대야?

광 대 왜냐고? 인기가 없어진 사람 편을 드니 그렇지. 당신도 바람부는 방향 따라 웃지 않으면, 그냥 감기에 걸려요. 자, 이 광대 고깔을 받아요. (리어 왕을 손짓하며) 저이는 딸을 내쫓고, 세째딸에게 마음에도 없는 축복을 해줬어요. 이런 사람 밑에 있으면 암만해도 이런 모자를 쓰게 돼요……. 근데 어때요, 아저씨! 나는 광대 고깔 둘하고 딸 둘만 가졌으면 좋겠어요.

리어 왕 왜 이놈아?

광 대 나 같으면 재산은 다 딸에게 내주어도 광대 고깔만은 내가 가지고 싶으니 그렇죠.

리어 왕 말 조심해……. 매맞는다. 그것은 내거야. 가지고 싶거든 딸들보고 딴 것을 달라고 해.

광 대 진리는 개니까 개집으로 쫓겨가야만 하고, 아첨장이 암캐 마님께서 난롯불 옆에 서서 냄새를 풍기면, 이 진리의 개는 매를 맞고 개집에서 내쫓겨야 되고요.

리어 왕 아, 아픈 데만 찌르는구나!

광 대 좋은 교훈을 하나 가르쳐 드릴까요?

리어 왕 그래라.

광 대 그럼 잘 들어 봐요, 아저씨!

겉치레보다 속을 채우고
알고 있어도 말을 삼가고
가진 것 이상으로 꾸어주지 말고
걷느니보다는 말을 타고
들어도 다는 믿지 말고
따서 번 것보다 적게 걸고
주색을 멀리하고
그리고 언제나 집에 들어앉으면
열이 둘인 이십보다도 돈이 많이 모인다.

켄 트 쓸데없는 소리구나, 바보야.

광 대 그럼 무료 변호사의 변론 같게요? 제게 아무 보수도 안 주셨으니까요. 아저씨, 아무것도 아닌 것이라도 어디 쓸 데 좀 없을까요?

리어 왕 그야 안 될 말이지. 아무것도 아닌 것에서는 아무것도 나올 수 없으니까.

광 대 (켄트에게) 제발 저 사람에게 말좀 해주세요. 영토의 소작료는 아무것도 없게 되었다고요. 바보 같은 말은 곧이듣지 않는다니까요.

리어 왕 씁쓸한 바보로군!

광 대 여, 씁쓸한 바보와 달콤한 바보의 구별을 아는가?

리어 왕 몰라, 좀 가르쳐 줘.

광 대 영토를 주어버리라고 당신께 권고한 양반을 내 옆에 데리고 와서……. 당신이 그분대신 노릇을 하오. 그러면 달콤한 바보와 씁쓸한 바보가 당장에 나타나리라. 달콤한 바보는 여기 있고, 또 하나는 저쪽에 있소.

리어 왕 이놈이 나보고 바보라고?

광 대 하지만 다른 칭호는 전부 내주어 버리고 남은 것은 타고난 것뿐이니까요.

켄 트 이놈은 아주 바보는 아닌데.

광 대 그야, 영주님이나 훌륭한 분네들이 나 혼자 바보 노릇을 하게 놔둬야죠. 나 혼자 광대의 전매 특허를 가지려고 해도 몰려와서 한몫 끼겠다는 거예요. 부인네들 역시 나 혼자 광대짓을 하게 놔두지를 않고, 달려들어서 찢어가거든. 아저씨, 달걀 하나만 주세요. 관(冠)을 두 개 줄 테니.

리어 왕 무슨 관을 두 개?

광 대 달걀 한가운데를 쪼개서 속을 먹어 버리면 관이
 두개 남잖아요. 당신이 왕관을 둘로 쪼개서 두 개
 다 내줘 버린 것은, 자기가 탈 당나귀를 업고 진흙
 길을 걸어간 셈이었지요. 금관을 줘버린 것은 그
 대머리 골통 속에 지혜가 없어서지. 내가 하는 말
 을 광대다운 소리라고 맨 처음 눈치채는 놈은 매좀
 맞아야 돼. (노래)
  올해는 바보가 손해보는 해
  현자는 바보가 되어
  지혜가 잘 돌지 않고
  하는 짓이 온통 바보짓.
리어 왕 넌 언제부터 노래를 그렇게 잘했지?
광 대 당신이 따님들을 어머니로 삼던 그 때부터지요.
 그때 당신은 회초리를 내주고 바지를 벗었으니까
 요. (노래)
  그때 그들은 갑자기 기뻐서 울고
  나는 슬퍼서 노래를 불렀지
  임금님이 숨바꼭질하면서
  광대 축에 들어오시니.
 아저씨, 당신의 광대에게 거짓말을 가르칠 선생
 좀 불러줘요. 거짓말하는 것을 좀 배우고 싶으니.

리어 왕 거짓말하면 매맞는다.

광 대 당신하고 당신 따님들은 정말로 친척지간인 모양이지요. 따님들은 내가 참말을 하면 때린다고 하고 당신은 내가 거짓말을 하면 때린다고 하고, 그리고 나는 때로는 말않는다고 매를 맞고. 아, 이제 광대 노릇은 집어치우고, 뭣이든지 좋으니 다른 짓을 해야겠군. 하지만 당신같이 되기는 싫어. 당신은 지혜를 양쪽으로 잘라내 버려서, 가운데는 아무것도 남은 거라곤 없으니까. 아 저기 잘라낸 조각 하나가 마침 오는구먼.

　　거너릴 등장

리어 왕 애, 왜 그러냐? 왜 그렇게 이맛살을 찌푸리고 있냐? 요새 줄곧 얼굴을 찡그리고 있는 것 같구나.

광 대 당신도 딸의 찡그린 얼굴에 신경쓰지 않아도 좋았던 시절엔 좋은 사람이었는데요. 이제는 숫자 없는 영(零)이 됐구먼. 당신보다는 오히려 내가 낫지. 나는 이래봬도 광대 바보지만, 당신은 아무것도 아니거든. (거너릴에게) 예, 아무 말도 안 하지요. 말씀은 아니 하셔도, 얼굴빛으로 알아볼 수 있으니까요. 쉿, 쉿!

껍데기나 빵고물까지 내버리면
만사가 싫더라도 뭔가 섭섭하지.
(리어 왕을 가리키며) 저것은 알맹이 뺀 콩깍지요.
거너릴 무슨 소릴 해도, 상관없는 이 광대뿐 아니라, 데리고 계신 다른 기사들도 모두 뭐라고 하면 곧 트집을 잡고 시비를 하며, 마침내는 망측하고 난폭한 것이 참을 수 없을 지경이에요. 실은 한 번 확실히 말씀드려서 안전책을 강구하려고 생각해 왔는데, 요즘의 아버님 말씀이나 행동에는 이상한 점이 많습니다. 혹시 아버님이 그런 난폭을 옹호하시고 선동하시고 계신 것이나 아닌가요? 만일 그렇다면 그 과실은 당연히 비난받아야 하며, 또 저희들로서도 그냥 방치할 수는 없습니다. 국가의 안녕을 위해서도 무슨 조치를 해야 하겠는데 그렇게 하면 아버님은 화를 내실 거구, 또 다른 때 같으면 저의 집도 불명예스럽겠습니다만, 이런 부득이한 사정에서라면 세상도 현명한 처사라고 인정할 것입니다.
광 대 아저씨 아시죠?
울타리 참새가 뻐구기를 너무나 오래도록 길러 주었더니
끝내는 뻐꾸기 새끼에게 먹혀버렸지

그런데 그만 촛불이 다 타서 우리는 캄캄한 데 있게 됐지.

리어 왕 너는 내 딸이냐?

거너릴 아버님께서는 본래 현명하시니, 그 좋은 지혜를 좀 잘 써주세요. 그리고 요사이같이 아버님답지 않은 광태는 좀 버리세요.

광 대 수레가 말을 끌면 당나귄들 모르겠소?
　　　　아줌마! 나는 당신에게 반했어.

리어 왕 여기 누가 나를 알아보겠나? 이것은 리어가 아냐. 리어가 이렇게 걷고, 이렇게 말을 하나? 리어의 눈은 어디 있어? 머리가 둔해지고, 분별이 줄고 있나? 하! 깨어 있나, 깨어 있지 않나? 내가 누군지 누가 좀 말해 줄 수 없나?

광 대 리어의 그림자요!

리어 왕 나는 그걸 알고 싶은 거다. 왜냐하면 왕위의 표지로나 지력으로나 이성으로 판단해서, 내게는 딸자식들이 있었던 것 같은데, 내가 잘못 알고 있었나?

광 대 그 따님들이 당신을 공손한 아버지로 만들자는 거죠.

리어 왕 귀부인, 당신의 이름은?

거너릴 그렇게 놀란 체하시는 것이 다름아닌 요사이 아버님의 망령이에요. 제발 저의 의도를 올바르게 이해해 주세요. 아버지는 존경받는 노체(老體)이시니까 현명하셔야 해요. 아버지는 백 명의 기사와 시종을 거느리고 계시지만, 그들은 정말 난폭하고 음탕하고 방종한 사람들이기 때문에, 저의 저택은 그들의 행실에 감염되어 무뢰한들의 여인숙만 같아요. 대식(大食)과 음욕으로 이 위엄 있는 저택이 천한 주점이나 색시집꼴이 돼버렸어요. 그러니 아버님께선 시종들을 좀 감원해 주셔야겠어요. 만약 저의 이 요청을 들어 주시지 않는다면, 이쪽에서 임으로 조치하겠어요. 그리고 남아서 아버지께 시중 들 사람들은 연만하신 아버님께 알맞고, 분별 있고, 아버님의 처지를 잘 아는 사람들만으로 하겠어요.

리어 왕 이 세상은 암흑이다, 여봐라, 말을 준비해라! 내 시종을 다 불러! 돼먹지 못한 사생아 같으니! 네 신세는 안 지겠다. 내게는 딸이 또 하나 있어!

거너릴 아버지는 저의 시종들을 때리고 아버지의 난폭한 시종의 무리는 웃사람을 하인 취급합니다.

  올버니 등장

리어 왕 다 늦게 후회해도 소용없지! (올버니를 보고) 아, 왔는가? 이것은 너의 뜻이냐? 답을 듣자! 말을 준비해. 배은자(背恩者), 돌 같은 마음을 가진 악마, 네가 자식의 탈을 쓰고 있으니 바다의 괴물보다 더 흉악하구나.

올버니 부디 참으십시오.

리어 왕 (거너릴에게) 징그러운 솔개야, 거짓말 마라! 내 부하는 모두 엄선한 사람들뿐이다. 신하의 본분을 잘 분간하고 만사를 소홀히 않고, 자기의 명예를 무엇보다도 존중하는 사람들이다. 아, 아주 조그만 허물이었는데, 코델리아의 경우엔 어째서 그렇게 추악하게만 보였을까? 그 허물은 고문하는 기계같이 본성의 조직을 뿌리부터 분해해 놓고, 나의 마음으로부터 애정을 뽑아내고 증오심만 늘게 하였구나. 오, 리어, 리어, 리어! (자기 머리를 치면서) 이 문을 때릴 수밖에. 못난 생각만 끌어들이고, 귀중한 분별은 쫓아버린! 자 부하들아, 가자. (기사들과 켄트 퇴장)

올버니 저는 전혀 죄가 없습니다. 뭣 때문에 역정을 내시는지 모르겠습니다.

리어 왕 그럴는지도 모르지. 자연이여, 들어 보십시

오! 여신이여, 들으소서! 만약 저 인간의 몸에서 자식을 낳게 할 뜻을 가지셨다면 그 뜻을 거두십시오. 제발 이년의 배는 자식을 못 가지게 하소서. 이년 몸 속에 있는 생식의 힘을 말려 버리고, 그 타락한 육체에는 어미로서의 명예가 되는 자식을 낳지 못하게 하소서! 부득이 아이를 낳아야 할 때라도 가증할 자식을 낳게 하고, 그 자식이 성장하여 부모에게 배반하고, 일생동안 어미의 고생의 씨가 되게 해주소서. 그애로 해서 젊은 어미의 이마에는 깊은 주름이 패이고, 그 볼에는 눈물의 골이 패이게 하소서. 자식을 생각하는 어미의 노고와 은혜는 죄다 모멸과 조소거리가 되게 해주소서! 비켜, 비켜! (리어 왕 퇴장)

올버니 대체 어떻게 된 영문이오?

거너릴 당신은 모르셔도 괜찮아요. 실컷 마음대로 떠들라고 놔두세요. 망령을 부리시는걸요.

리어 왕, 미친 모습으로 다시 등장

리어 왕 뭐냐! 나의 시종을 단번에 오십 명이나 줄여? 이 주일도 채 못돼서?

올버니 대체 어떻게 된 겁니까?

리어 왕 그 이유를 말하지. (거너릴에게) 제기랄! 너 같은 것 때문에 대장부가 이렇게 흥분하여 우는 것은 창피하다. 너 때문에 뜨거운 눈물이 참아도 걷잡을 수 없이 흘러나오는구나. 너 같은 건 독기 찬 안개에나 싸여 버려라! 아비의 저주가 고칠 수 없는 상처가 되어 가지고 네 오관(五官)을 갈가리 찢어버려라! 노망한 눈아, 두 번 다시 이런 것으로 울면 너를 뽑아서 헛되이 흘리는 눈물과 함께 땅에 내던져서 땅이나 적실 구실이나 하게 하겠다. 끝내 이렇게 되고 마나? 하! 상관없다. 내게는 또 하나 딸이 있지. 그애는 반드시 친절하게 위로해 줄 거다. 네가 이렇게 했단 말을 들으면, 그애는 너의 이리 같은 낯반대기를 손톱으로 할퀴어 놓을 거다. 두고 봐라, 나는 다시 이전같이 되어 보일 테니! 너는 영구히 그 모습을 내던져버린 거라고 생각하고 있지만.

리어 왕 퇴장

거너릴 지금 보셨지요?
올버니 당신은 물론 나의 소중한 아내지만, 편파적으로 사물을 판달할 수는 없소.

거너릴 당신은 좀 가만 계셔요……. 얘, 오즈왈드야, 얘! (광대에게) 너는 광대라기보다 악당이다. 주인 따라 빨리 가라!
광 대 리어 아저씨, 리어 아저씨, 기다리세요! 이 광대를 데리고 가요!

  여우가 잡히면
  저런 딸이 잡히면
  틀림없이 도살장 신세지
  내 모자 팔아서 밧줄을 사게만 된다면
  그래서 이 광대는 뒤를 쫓아가오. (광대 퇴장)

거너릴 아버님한테는 좋은 충고가 됐지요! 기사를 백 명이나 두다니? 그야 안전한 정책이겠지요, 무장한 기사를 백 명이나 거느리는 것은. 글쎄, 무슨 꿈자리만 사납다든가, 뜬소문·공상·불평·불만이 있으면 언제든지 그 사람들을 방패삼아, 망령기를 옹호하고 우리들의 생명을 제압할 수 있을 테니. 오즈왈드야, 거기 없느냐?
올버니 그건 너무 지나친 염려가 아닐까.
거너릴 과신하는 것보다는 안전하죠. 해를 입지 않을까 하고 언제나 두려워하는 것보다, 걱정거리가 되는 위험물은 일찍 제거해 버리는 게 상책이에요.

아버지 속셈은 빤히 들여다보여요. 아버님이 하신 말을 편지로 동생에게 알려 주기로 했어요. 만일 그렇게 설명해줘도 동생이 노인과 시종 백 명을 부양한다면……. (오즈왈드 등장) 오즈왈드, 어떻게 됐니? 동생에게 보낼 편지는 됐느냐?

오즈왈드 네, 다 됐습니다.

거너릴 동행인을 데리고 곧 말을 타고 떠나요! 동생에게 내가 특히 걱정하고 있는 점을 샅샅이 이야기해요. 그것을 더욱 신빙성있게 하기 위해서라면 네 생각으로 적당히 보충해도 괜찮다. 어서 떠나요. 그리고 속히 돌아와요. (오즈왈드 퇴장) 안 돼요. 당신이 미지근하고 친절한 것을 나쁘다고 말할 수는 없지만, 그래도 세상은 당신의 방법을 폐단은 있어도 온건하다고 칭찬하기보다는 분별 없다고 비난하고 있어요.

올버니 당신의 선견지명이 어디까지 맞을지 의문이구료. 잘하려구 서두르다가 오히려 나쁘게 되는 일도 종종 있으니까.

거너릴 아녜요, 그렇다면…….

올버니 좋소, 좋아! 결과를 한 번 두고 봅시다.

두 사람 퇴장

제 5 장

같은 저택의 앞뜰
리어 왕, 켄트, 광대 등장

리어 왕 너는 이 편지를 가지고 글로스터 시(역주:이 부근에 콘월 공의 저택이 있다)로 가라. 딸이 편지를 읽고 나서 묻는 말 이외는 네가 아는 이야기라도 하지 말아라. 빨리 가지 않으면, 내가 먼저 도착하고 말라.

켄 트 이 편지를 전할 때까지는 한 잠도 안 자겠습니다.

켄트 퇴장

광 대 사람의 두뇌가 발뒤꿈치에 있다면 터져서 피가 날 염려는 없을까?

리어 왕 그럴 염려야 있지.

광 대 그럼 안심하세요. 당신이 지혜를 가졌다면 슬리퍼를 신고 가지는 않을 거니까요.

리어 왕 하 하 하!

광 대 두고 봐요. 또 하나의 따님도 천성대로 대해 줄

테니. 말하자면 두 분 자매는 능금과 사과처럼 보기
에도 닮아 있어요. 그래도 우린 알 건 알고 있지요.
리어 왕 대체 네놈이 뭘 알고 있다는 거냐?
광 대 이쪽과 저쪽은 맛이 같죠. 능금은 다 맛이 같듯
이요. 그런데 인간의 코가 왜 얼굴 한가운데 있는
지, 아저씨는 아세요?
리어 왕 모른다.
광 대 그야, 코 양쪽에 눈을 붙여 놓기 위해서죠. 그렇
게 해서 냄새를 맡아내지 못할 때는 눈으로 알아보
게 하기 위해서죠.
리어 왕 내가 그애한테 잘못했어.
광 대 굴은 어떻게 껍질을 만드는지 아세요?
리어 왕 몰라.
광 대 저도 몰라요. 하지만 달팽이는 왜 집을 가지고
있는지 아세요.
리어 왕 왜 그렇지?
광 대 머리를 감춰 넣기 위해서 그렇죠 뭐. 딸들에게
내주려고 그런 게 아니라 제 뿔을 넣으려고.
리어 왕 아비로서의 정을 잊어야지! 그렇게도 인자한
아비였는데……. 말 준비는 다됐느냐?
광 대 당나귀 같은 바보 하인들이 준비를 하러 갔어

요. 일곱 개의 별은 왜 일곱 개밖에 아니냐 하는 이유는 재미있거든.
리어 왕 그야 여덟 개가 아니니까 그렇지.
광 대 거 명답이야. 당신도 이젠 제법 광대가 될 수 있겠는걸.
리어 왕 도로 빼앗아야지! 배은 망덕의 괴물!
광 대 아저씨, 당신이 내 광대라면 내가 좀 갈겨 주겠는데요……. 그런데 미리 늙어버렸다니까.
리어 왕 그게 무슨 소리냐?
광 대 똑똑해지기 전에 늙어버리면 안 되잖아요.
리어 왕 아, 하나님, 제발 제정신을 갖게 해주십시오. 미치광이가, 미치광이가 되고 싶지는 않습니다!

신사 한 사람 등장

리어 왕 어떻게 됐느냐! 말은 준비가 다 됐느냐?
신 사 준비는 다 됐습니다.
리어 왕 얘야, 가자.
광 대 내가 떠나는 것을 보고 웃는 숫처녀도 언제까지나 숫처녀로 있지는 못하지. 고것을 짧게 잘라 놓기 전에는.

모두 퇴장

제 2 막

제2부

제 1 장

글로스터 백작의 저택
에드먼드와 큐어런, 좌우에서 등장

에드먼드 안녕하시오, 큐어런!

큐어런 안녕하시오. 지금 춘부장을 뵙구, 오늘밤 콘월 공작과 부인이 이곳으로 오신다는 소식을 알려드렸습니다.

에드먼드 어쩐 일일까요?

큐어런 글쎄, 저는 모릅니다. 세간의 소문은 들으셨지요? 겨우 귀에 대고 속삭이는 정도의 뜬소문입니다만.

에드먼드 아직 못 들었는데, 대체 무슨 소문이오?

큐어런 쉬 전쟁이 날지도 모른다는 소문을 못 들으셨나요? 콘월 공작과 올버니 공작 사이에.

에드먼드 전혀 못 들었소.

큐어런 그럼 차차 듣게 될 거요. 안녕히 계시오. (큐어런 퇴장)

에드먼드 공작이 오늘밤 이곳에 온다고? 잘됐다! 더없이 잘됐어! 이것이 반드시 내 일에 도움이 되도록 해야지. 아버님은 형님을 체포하려고 파수를 세워 놓았지. 그런데 한 가지 어려운 일이 있어. 그것을 꼭 해내야겠다. 당장 착수하여 행운을 맞이하자! (이층을 향하여) 형님, 잠깐만 내려오세요, 형님!

에드거 등장

에드먼드 아버님이 감시하고 있습니다. 자, 빨리 도망가세요! 형님이 여기 숨어 있는 것이 탄로났어요. 밤이니까 잘됐습니다. 형님은 혹시 콘월 공작의 험담을 하신 일이 없습니까? 공작이 여기 오신답니다. 오늘밤 급히, 부인 리건도 함께. 그분의 편을 들어 올버니 공작의 욕을 하신 일은 없습니까? 잘 생각해 보세요.

에드거 전혀 그런 말 한 일이 없는데.

에드먼드 아버님이 오시나 봅니다. 용서하세요, 형님께 칼을 빼들어야 하겠으니까요. 형님도 칼을 빼들고 방어하는 척하세요. 자, 용감하게 싸우는 체하세요, (큰소리로) 항복해! 아버님 앞으로 나와! 여, 횃불을 가져와, 여기다! (작은소리로) 빨리 달아나세요. (큰소리로) 횃불, 횃불을! 나타났습니다! (작은소리로) 안녕히 가세요. (에드거 퇴장) 조금 피가 나 있는 것이 아주 분전한 것같이 보이겠지. (자기 팔에 상처를 낸다) 주정꾼들을 보니까 장난으로 이것 이상의 짓도 하더군. 아버님, 아버님! 안돼요, 안돼요! 거, 누구 없나?

글로스터와 횃불을 든 하인들 등장

글로스터 얘! 에드먼드, 그놈은 어디 있냐?
에드먼드 지금까지 여기 어둠 속에 서서, 칼을 빼들고 괴상한 주문을 외며 달님더러 행운을 주는 여신이 되어 달라고 기도하고 있었습니다.
글로스터 그래 어디로 갔냐?
에드먼드 보십쇼, 이렇게 피가 납니다.
글로스터 그놈이 어디 갔어, 에드먼드야?
에드먼드 이쪽으로 달아났어요. 형님은 암만 일러도 도저히.
글로스터 야, 쫓아가! 놓치지 말아!

하인들 퇴장

글로스터 암만 일러도 도저히 어떻다는 거냐?
에드먼드 암만 일러도 도저히 아버님 살해 의사를 단념하지 못하겠답니다. 그야 저는 제 아비를 죽이는 자에게는 복수의 신들이 벼락을 내리며, 또 자식이 아버지께 입은 은혜는 광대 무변하다고 설명했지요……. 그랬더니 자기의 무도한 계획을 제가 끝내 반대하는 것을 본 형은, 갑자기 맹렬히 육박 돌격해 와서 무방비인 저를 습격하고 제 팔을 찔렀습니다. 그러나 저도 저의 정당함에 분기하여 지지 않고 분전했기 때문에 그랬는지, 또는 제가 큰소리를 질렀기 때문에 놀라서 그랬는지, 형은 별안간 도망쳐 버렸습니다.

글로스터　멀리 도망친다면 몰라도 이 나라에 있는 한 제가 잡히지 않고 배길소냐. 잡히는 날에는 살려 두지 않겠다. 오늘밤 나의 은인, 귀중한 주인인 공작님이 오신다. 그분의 권위에 의해서 포고를 내릴 테다. 이 악한을 잡아서 끌고 오는 자에겐 상금을 주고, 숨기는 자는 사형에 처한다고.

에드먼드　형님더러 그런 계획을 중지하도록 충고해 봤으나, 막무가내이기에 저는 심한 말로 계획을 폭로하겠다고 위협했지요. 그랬더니 형의 대답은 이랬습니다. "뭐? 유산 상속도 못 받을 서자놈아! 내가 반대하면, 누가 네 말을 곧이듣거나 너를 유독 유능한 인간이라고 생각해 줄 줄 아느냐? 천만에. 내가 부인(否認)하는 날엔—물론 이번 일도 부인하겠는데, 설사 네가 내 필적을 꺼내 놔 뵈어도—나는 그것을 전부 네놈의 유혹·모략·간교라고 오히려 뒤집어 씌울 테다. 내가 죽으면 너한테 돌아오는 이익이 대단히 크기 때문에 그게 분명히 강력한 박차가 돼어 나를 죽이려고 한다는 것을, 세상이 모른다고 생각하면 너는 이 세상을 너무 얕본 거야"라고요.

글로스터 지독하게 철저한 악당이구나! 그래 제 편지도 모른다고 잡아떼? 그런 놈은 내 자식이 아냐. (안에서 나팔 소리) 저것 봐, 공작의 나팔 소리다! 왜 오시는지 모르겠다. 항구는 모두 닫아버리게 해야겠다, 그리고 그놈의 초상화를 각처에 보내서 국내의 누구나가 그놈 얼굴을 알아보게 해야지. 그리고 내 영토는 서출(庶出)이지만 효자인 네가 상속받을 수 있게 해주겠다.

  콘월, 리건, 시종들 등장

콘 월 웬일이오? 지금 막 오는데 이상한 소문이 들리니.
리 건 그게 사실이라면, 그 죄인에게는 어떠한 엄벌을 줘도 부족해요. 도대체 어떻게 된 일인가요?
글로스터 아, 부인, 이 늙은이의 가슴은 터질 것만 같습니다.
리 건 뭐! 그럼 우리 아버님의 대자(代子)가 당신의 생명을 노렸어요? 우리 아버님이 이름을 지어 준 그 에드거가?
글로스터 아, 부인, 부인, 창피해서 말도 못하겠습니다!
리 건 그 사람은 혹시 우리 아버지께 시중들고 있는 기사들과 한패가 아니었던가요?
글로스터 그건 모르겠습니다. 그러나 너무나 쓰라린 일입니다.
에드먼드 그렇습니다. 그 사람들과 한패였습니다.
리 건 그렇다면 그 사람이 흉악한 생각을 갖게 됐다고 해도 이상할 건 없습니다. 그 패예요, 그 사람을 충동해서 노인을 죽이려고 한 것은. 그들은 노인의 재산을 자기들이 차지하려고 계획한 거예요. 오늘 저녁 언니께서 보내온 편지에 그 기사들 얘기가 자세히 적혀 있었어요. 그들이 우리 집에 와서 묵게 되면 아예 집을 비우라고 권고해 왔습니다.
콘 월 그래서 나는 이렇게 집을 비우게 된 거요. 에드먼드야, 이번에 네가 아버지께 효도가 극진했더구나.
에드먼드 아니에요! 저는 저의 의무를 다했을 뿐입니다.
글로스터 저애가 그놈의 흉계를 알아냈습죠. 그리고 막으려다가, 보시는 바와 같이 상처 마저 입었지요.

콘 월 그놈을 추격중인가요?

글로스터 예, 그렇습니다.

콘 월 한 번 잡히기만 하면, 다시 해독을 끼칠 염려가 없게 하겠소. 내 권력을 마음대로 이용해서 목적을 달성하시오. 에드먼드야, 너의 효도의 미덕에 감탄하여 당장 이 자리에서 나의 부하로 삼겠다. 언제나 신뢰할 만한 부하가 필요하거든. 우선 너를 부하로 삼겠다.

에드먼드 부족한 점이 많습니다만, 진심으로 충성을 다하겠습니다.

글로스터 저로서도 대단히 감사합니다.

콘 월 아직 모르시죠, 왜 우리가 이렇게 찾아왔는지를?

리 건 글로스터 백작, 이렇게 어두운 밤에 어둠을 타서 온 것은 좀 중대한 용건이 있어서 인데, 부디 당신의 좋은 의견을 들어 봐야겠어요. 아버님께서도 언니께서도, 두 분 사이에 불목하게 된 이유를 편지로 보내왔어요. 나로서는 집을 떠나서 답장을 내는 것이 좋을 것 같아서, 어느쪽에나 사자(使者)는 여기서 보내려고 대기시켜 놨습니다. 당신의 낙심은 잘 알겠습니다만, 우리를 위해서는 필요한 충고를 해주세요. 그 충고를 당장에 좀 들어 봐야겠어요.

글로스터 잘 알았습니다. 두 분 다 참 잘 오셨습니다.

나팔 소리, 모두 퇴장

제 2 장

글로스터 백작의 성 앞
켄트와 오즈왈드, 좌우로부터 등장

오즈왈드 여보, 밤새 안녕하시오. 당신은 이 집 사람이오?

켄 트 그렇소.

오즈왈드 어디다 말을 매는 거요?

켄 트 수렁 속에다.

오즈왈드 여보, 그러지 말고 좀 가르쳐 주오.

켄 트 싫소.

오즈왈드 그럼 마음대로 할 테야.

켄 트 당신을 립스베리 외양간에 처넣어 두면 그렇게 못할걸.

오즈왈드 왜 이렇게 욕을 하나, 알지도 못하는 사람에게?

켄 트 미안하지만 나는 너를 알고 있어.

오즈왈드 나를 뭣으로 알아?

켄 트 불한당, 악한, 찌꺼기 고기나 먹는 놈이지 뭐야.

비열하고 오만하고 경솔하고 거지 근성이고, 일 년에 세 벌밖에 옷을 못 얻어 입으며, 연수입은 백 파운드밖에 안 되고, 더러운 털양말이나 신는 악당. 겁 많고, 얻어맞으면 소송을 거는 놈. 사생아, 거울이나 들여다보는 건달, 주제넘게 참견하는 놈, 까다로운 놈. 재산이라곤 가방 하나밖에 없는 종놈, 주인을 위한답시고 뚜쟁이 노릇이라도 불사하는 놈, 악한·거지·겁쟁이·뚜쟁이, 이것들이 뒤범벅된 놈. 잡종 암캐의 맏아들놈! 지금 늘어놓은 이름을 한 자라도 아니라고 부인만 해봐, 깽깽거리도록 패줄 테니.

오즈왈드 별 괘씸한 놈을 다 보겠네. 서로 알지도 못하는 사이면서 욕을 퍼붓다니!

켄 트 이 철면피 같은 종놈아, 그래 나를 모른다구 잡아떼? 임금님 앞에서 내가 네 다리를 걸어 넘어뜨린 지 이틀도 안 됐다. 칼을 빼라, 이 악한아! 밤은 밤이지만, 달밤이니 잘됐다. 네 피로 명월탕(明月湯)을 끓여 놓겠다. 이 서자놈, 이발관 출입이 잦은 야비한 사생아놈! 칼을 빼! (칼을 뺀다)

오즈왈드 저리 갓! 너와는 일이 없어!

켄 트 칼을 빼라, 이놈아! 임금님께 불리한 편지를 가지고 오고, 저 허영의 꼭둑각시편을 들어 임금님의 위엄에 해독을 끼치려는 놈. 칼을 빼라, 악당아! 빼지 않으면 네 정강이의 살고기를 저며낼 테다! 빼, 악당! 자, 덤벼라!

오즈왈드 여, 사람 살려요! 살인이다! 사람 살리시오!
켄 트 덤벼라, 이 노예놈아! 맞서 봐라, 이 악당아! 맞서 봐, 이 능글맞은 노예놈아! 덤벼라! (켄트가 오즈왈드를 때린다)
오즈왈드 사람 살려요! 살인이다, 살인!

　　에드먼드, 칼을 빼들고 등장

에드먼드 웬일이오? 웬 싸움이오? 이러지 마오!
켄 트 풋나기야, 소원이라면 상대하마! 자, 피맛을 좀 보여주마. 이리 와, 젊은 양반!

　　글로스터, 콘월, 리건, 하인들 등장

글로스터 무기를 가지고? 칼을 빼들고? 대체 여기서 웬 소동이냐?
콘 월 생명이 아깝거든 조용히 해! 그래도 싸우는 놈은 사형이다. 대체 무슨 일이야?
리 건 언니의 사자와 아버님의 사자군요!

콘 월 왜 싸움질이냐? 말해 봐.

오즈왈드 저는 숨도 잘 쉴 수가 없습니다.

켄 트 그야 그럴 테지, 너무 용기를 내셨으니까. 비겁한 악한아, 네놈은 자연의 신이 만든 인간이 아니라 재단사가 만든 놈이야.

콘 월 이상한 소릴 하는구나, 재단사가 다 인간을 만들어?

켄 트 예, 재단사가. 석수(石手)나 화가라도 이태만 배웠다면 저렇게 서툰 것을 만들진 않았을 겁니다.

콘 월 그런데 어떡해서 싸움이 벌어졌나?

오즈왈드 저 늙은 놈의 흰 수염이 불쌍해서 목숨을 살려 줬더니…….

켄 트 빌어먹을 놈! 맨 끝 제트(Z)자같이 쓸 데도 없는 놈아! 나으리, 만약 허락하신다면 이 거친 놈을 밟아 부숴서 회반죽을 만들어 변소간의 벽을 바르겠습니다. 늙은 놈의 흰 수염이 불쌍해서라고? 이 뱁새 같은 놈이!

콘 월 여, 입닥쳐! 짐승 같은 것, 여기가 어딘 줄 아느냐?

켄 트 네, 잘 압니다. 그러나 화날때는 별문제입니다.

콘 월 왜 화가 났지?

켄 트 염치도 없는 저런 노예놈이 다 칼을 차고 있으니까요. 저렇게 생글생글하는 놈은 끊을래야 끊을 수 없는 신성한 골육의 핏줄을 쥐새끼모양 끊습니다. 저런 놈은 주인의 마음 속에 뒤끓는 감정이란 감정에 다 아첨하여, 불에는 기름을, 얼음 같은 마음에는 눈을 던집니다. 아니라고 했다가 그렇다고 하고, 단지 주인 기분 여하로 물총새의 주둥아리모양 자유자재로 방향을 바꾸어 개모양 주인을 따라다니는 것밖에 모르는 놈입니다. (오즈왈드에게) 그 간질병자 같은 낯짝에 열병이나 내려라! 이놈이 내 말에 웃어? 나를 광대로 아나? 이 거위 같은 놈아, 만약 세이럼 벌판에서 너를 만났더라면, 꽥꽥 울면서 카멜롯까지 곧장 몰고 갔을 것을.

콘 월 이 늙은 놈이 미쳤나?

글로스터 왜 싸움이 됐냐? 그걸 말해.

켄 트 아무리 원수라도, 나와 저 악당만큼 상극은 없습니다.

콘 월 왜 악당이란 말이냐? 어디가 악당이냐?

켄 트 저 낯짝이 맘에 안 들어요.

콘 월 그럼 내 얼굴도, 저분 얼굴도, 내 처의 얼굴도 모두 맘에 안 들겠구나.

켄 트 각하, 정직하게 말하는 게 제 직책입니다만, 나는 지금까지 이 순간에 내 앞에 보이는 누구의 어깨 위에 얹혀 있는 얼굴보다도 훌륭한 얼굴을 보며 살아 왔습니다.
콘 월 이놈은 솔직하다고 칭찬을 받으니까 우쭐해서 일부러 난폭한 짓을 하고, 자기의 천성과도 맞지 않은 행동을 하는 놈이다. 아첨을 못한다고? 정직하고 솔직하니까, 사실을 말 안하고는 못 배긴단 말이지? 세상 사람들이 그것을 받아주면 좋고, 안 받아줘도 솔직히 할 말은 한다 이거지. 나는 이런 종류의 악당을 알고 있어. 솔직함을 간판으로 내걸곤 뱃속에는 흉측한 계획을 감추고 있거든. 웃사람에겐 언제나 쩔쩔매고, 굽실대면서, 주인의 비위를 맞추는 무리보다도 더 간악하고 흉측한 놈이야, 이런 놈은.
켄 트 각하, 본심에서 우러나오는 정성을 다해서 말씀드립니다마는, 거룩하신 어전에 엎드려 빛나는 태양신의 이마에 번득이는 찬란한 광채 같은 위광을 받고 계시는 각하의 허락을 얻어······.
콘 월 그건 무슨 말이냐?
켄 트 공작님의 마음에 안 드시는 것 같아 제 말버릇을 고쳐 보자는 겁니다. 저는 아첨은 할 줄 모릅니다. 솔직한 말투로 속이는 놈은 진짜 악한입니다. 그런데 저로선 그런 놈이 될 수 없습니다. 설사 당신이 역정을 내셔서 절보구 "그런 놈이 돼보라"고 말을 하시게 할 수는 있을지라도.

콘 월 (오즈왈드에게) 헌데 무엇 때문에 저놈을 화나게 했지?

오즈왈드 저는 잘못이 없습니다. 며칠 전 저놈의 주인인 왕께서, 오해로 인해서 저를 때린 일이 있습니다. 그 때 저놈이 한패가 되어 가지고 임금님의 역정에 비위를 맞추어 뒤에서 저에게 다리를 걸었습니다. 그래서 제가 쓰러지자 의기 양양하여져 조롱하고 마치 영웅이나 된 것같이 우쭐하곤 그것이 대견한 양 임금님의 칭찬을 받았습니다. 일부러 져준 상대를 가지고. 그 무서운 공로로 대단히 맛이 들어 여기서 또 칼을 뺐답니다.

켄 트 비겁한 거짓말쟁이야, 에젝스가 무색할 지경이다.

콘 월 족쇄를 가져오너라! 이 고집쟁이 늙은 악한, 나이값도 못하는 허풍쟁이! 버릇을 가르쳐 주겠다.

켄 트 너무 늙어서 이제 배울 수도 없습니다. 족쇄는 채우지 마시오. 저는 임금님의 시종입니다. 임금님의 일로 여기 왔습니다. 임금님의 일로 온 사람을 형틀에 채우면 임금님의 위덕에 대해서 불경일 뿐 아니라, 너무나도 악의를 표시하는 것이 될 겁니다.

콘 월 빨리 족쇄를 가져오너라! 나의 생명과 명예에 두고 엄명하는데, 이놈을 정오까지 족쇄에 채워 놔라.

리 건 정오까지요? 밤까지, 아니 밤새도록 채워 놓게 하세요.

켄 트 부인, 제가 아버님의 개라도 그런 하대는 부당하오.

리 건 아버님이 데리고 있는 악한이니까 그러지.

콘 월 이것이 언니 편지에 있는 바로 그 패거리다, 빨리 족쇄를 가져와! (하인들이 족쇄를 들고 온다)

글로스터 공작님, 그러지 마십쇼. 그놈의 죄는 크지만 주인인 전하께서 응징하실 겁니다. 전하의 처벌은 비열하고 비루한 악당들이 좀도둑질이나 그 밖에 흔해빠진 범죄 때문에 받는 처벌입니다. 전하는 사자가 족쇄에 채인 것을 아시면 필경 화를 내실 겁니다.

콘 월 그 책임은 내가 지겠어.

리 건 자기의 사자가 욕을 당하고 습격을 당했다는 걸 알면 언니야말로 성을 낼 거야. 저 다리를 족쇄에 채워요. (켄트, 족쇄에 채인다) 자, 가십시다.

글로스터와 켄트만 남고 모두 퇴장

글로스터 참 안됐구료. 공작의 뜻이니 어쩔 수 없어. 그분의 성질은 누구나 알다시피, 아무도 말리거나 막을 수 없으니까요. 그러나 내가 한번 용서를 청해 보리다.

켄 트 그만두시오. 밤새 자지 않고 걸어왔으니까 잠시 푹 자지요. 깨서 시간이 있으면 휘파람이나 불겠소. 세상에는 착한 사람이라도 운이 기우는 때가 있으니까요. 그럼 안녕히 주무시오!

글로스터 이것은 공작님이 잘못이야. 임금님은 화를 내실 거야.

글로스터 퇴장

켄 트 "하늘의 축복을 버리고 뙤약볕으로 나간다." 임금님은 이 격언을 몸소 체험하셔야 하는군. 하계를 비치는 봉화불이여, 어서 오라. 네 빛의 도움으로 이 편지를 읽고 싶다. 불운에 부딪치지 않고서는 기적이란 거의 볼 수 없는 거지. 이것은 확실히 코델리아 님의 편지다. 내가 이렇게 변장을 하고 있다는 것을 다행히도 알고 계시는 모양이구나. 시기를 보아서 이 난세로부터 나라를 구하고, 손실을 보상해 주실 모양이구나. 피로와 밤샘으로 녹았다. 무거운 눈〔眼〕이어서 다행이다. 이 굴욕적인 잠자리〔족쇄〕는 보지 말자. 운명의 신이여, 안녕. 후일 다시 미소를 보여주고 행운의 수레바퀴를 돌려 다오! (켄트 잔다)

제 3 장

벌판
에드거 등장

에드거 나는 지명 수배돼 있는 모양인데, 다행히 나무 구멍 속에 숨어서 잡히는 건 면했다. 항구는 모두 봉쇄되고, 나를 체포하기 위하여 경계와 엄중한 망이 처져 있지 않은 곳이라곤 없다. 도망치는 데까지 도망쳐서 생명을 보전해야지. 그리고 궁핍이 인간을 모멸하여 짐승같이 해놓은 듯이, 비천하고 구차한 꼴을 해야겠다. 얼굴에는 숯검정을 바르고 허리에는 남루한 걸레쪽을 두르고, 머리칼은 엉키어 매듭을 짓게 하고, 그리고 풍우나 한서에도 벌거벗고 지내야겠다. 이 나라에서 베들럼[精神病院]의 미치광이 거지들이 좋은 본보기다. 그들은 무서운 소리로 떠들며, 마비되어 무감각해진 자기 팔에 바늘·나무 꼬챙이·못·미질향(迷迭香)나무의 가지 등을 꽂곤 하더군. 그리고 그런 무서운 꼴로 구차한 농가나 가난한 마을이나 양우리나 물방앗간 등을 찾아다니면서, 때로는 미친 놈같이 저주도 해보고 때로는 기도도 외며 동냥을 달라고 볶아 대더군. '불쌍한 거지 덜이고트, 불쌍한 거지 톰입니다!' 이렇게 하면 연명은 할 수 있겠지! 그러나 에드거면 안 되지. (퇴장)

제 4 장

글로스터의 성 앞
켄트는 족쇄에 채워져 있다. 리어 왕, 광대, 기사 등장

리어 왕 이상하군. 이렇게 갑자기 집을 비우고, 더욱이 내 사자도 돌려보내지 않는 것은.

기 사 제가 들은 바로는, 어젯밤까지도 별로 떠나시려는 의향은 없었다고 합니다.

켄 트 안녕하십니까, 전하!

리어 왕 에잇! 그런 모욕을 당하고 있어도 그것을 재미로 아느냐?

켄 트 천만의 말씀입니다.

광 대 하, 하! 지독한 각반을 하고 있구나. 말은 머리를, 개와 곰은 모가지를, 원숭이는 허리를, 사람은 다리를 묶이는군. 다리를 함부로 놀리면 으레 나무 양말을 신기게 마련이지.

리어 왕 너의 신분을 몰라보고 그렇게 한 놈은 누구냐?

켄 트 두 분입니다. 따님과 사위님.

리어 왕 그럴 리가 없지.
켄 트 아니, 그렇습니다.
리어 왕 아냐, 그럴 리 없어.
켄 트 제 말은 사실입니다.
리어 왕 아냐, 아냐. 그런 짓을 할 사람들이 아냐.
켄 트 아닙니다. 실제로 그랬습니다.
리어 왕 주피터에 두고 맹세하지만, 그렇지 않아!
켄 트 주노에 두고 맹세하지만 그랬습니다.
리어 왕 그들이 감히 그럴 리가 없어. 하지도 못하겠지만, 하려고도 안 할 거야. 국왕의 사자에게 감히 그런 난폭한 짓을 하다니, 살인보다도 괘씸한 짓이다. 자세한 내용을 빨리 말해 봐라. 무슨 곡절이 있어서 내 사자인 네가 이런 처벌을 자초했는지, 또는 그들이 이런 처벌을 주었는지를.
켄 트 제가 그 댁에 도착해서 두 분께 임금님의 친서를 전하고 있을 때 무릎을 꿇고 있는 것이 의무인 자리에서 제가 채 일어나기도 전에 마침 사자 한 사람이 뛰어왔습니다. 그자는 하도 급히 달려오는 바람에 땀으로 죽탕이 돼가지고 숨을 헐떡거리며 자기의 주인 거너릴 님의 인사를 전하고 저를 제쳐 놓고 편지를 내놓았습니다. 두 분은 그 자리에서 그것을 읽어 보고 나서 별안간 하인들을 불러 모아 가지고 말을 타고 떠나버렸습니다. 그리고 저보고는 "뒤따라 오라, 틈이 나는 대로 답장을 쓰겠다"라고 하시며 싸늘한 눈초리로 노려보셨습니다. 그리고 여기 와서 다른 사자를 만났습니다만, 그 자식의 인사에 저는 기분을 잡쳐 버렸습지요. 글쎄, 그 자식은 요전번에 전하께 무례하게 군 놈이기도 해서 칼을 뺐습죠. 그랬더니 그 겁장이놈이 비명을 지르며 이 집사람들을 불러 깨웠습니다. 전하의 사위님과 따님은 제 죄과에 이런 욕을 보여주어도 당연하다고 보신 겁니다.

광 대 겨울은 아직 안 지나갔구나, 들기러기들이 저리 날아가는 걸 보니.

>아비가 누더기를 걸치면
>자식은 모르는 척하지만
>아비가 돈주머니 차고 있으면
>자식들은 모두 다 효자
>운명의 여신은 인정 없는 유녀(遊女)
>구차한 사람에겐 문을 열지 않는다.

하지만 당신은 따님들한테서 1년을 걸려서 헤아려도 다 헤아릴 수 없을 만큼 불[火]주머니를 얻은 거요.
리어 왕 아, 이 가슴 속에 화가 치미는구나! 홧덩어리야, 내려가거라! 치미는 슬픔아, 너 있는 곳은 아래다! 이곳의 딸은 어디 있느냐?
켄 트 백작과 같이 안에 계십니다.
리어 왕 너는 따라오지 말고 여기 있어. (리어 왕, 안으로 들어간다)
기 사 지금 말씀하신 것 이외는 어떤 무례한 짓도 안 하셨습니까?
켄 트 전혀 안했습니다. 그런데 임금님은 왜 이렇게 몇몇 사람의 시종만 데리고 오셨습니까?
광 대 그런 것을 묻다가 발고랑을 차게 된 거라. 그런 벌은 받아 싸지.
켄 트 그것은 왜? 광대야.
광 대 개미에게 가서 배워. 겨울에는 일 안하잖아. 코가 향한 대로 가는 놈두 장님 아니면 모두 눈을 믿고 가지. 그리고 장님의 코라도 스무 개의 코 중에서 악취를 맡아내지 못하는 코는 하나도 없어. 커다란 수레바퀴가 산에서 굴러내릴 때는 매달리지 말아야 되지. 매달리고 있으면 목이 부러지고 말테니까. 하지만 그 커다란 수레바퀴가 올라갈 때는 뒤에서 끌려 올라가야 하지. 현명한 사람이 와서 이보다 더 좋은 것을 가르쳐 주면, 지금 내가 가르친 말은 돌려줘. 이것은 악한보고나 지키라고 해야지, 광대가 한 충고니까.

    불공에 이해만 따지고
    겉으로 따르는 놈은
    비가 오기 시작하면 보따리 싸고
    폭풍우가 일면 너 혼자 남는다
    나는 이대로, 광대는 그냥 있겠으니
    똑똑한 놈은 달아나라
    악당은 달아나면 바보가 되지만
    광대는 절대로 악당은 안 되지.

켄 트 광대야, 어디서 너는 그런 것을 배웠냐?
광 대 바보같이 발고랑 차고 배운 건 아니야!

    리어 왕, 글로스터를 데리고 등장

리어 왕 면회 사절? 이 내게? 둘이 다 병이 났다구? 피로하다구? 밤새 여행을 했다구? 순전히 구실이다. 부모를 배신하여 부모를 버리려는 징조다. 더 좋은 회답을 가지고 와.
글로스터 전하, 아시다시피 공작은 열화 같은 기질이라, 한 번 말하면 그만 요지부동입니다.

리어 왕 경을 칠 것! 열병이나 걸려라! 죽어 버려! 박살이 나버려라! 열화 같애? 기질이 어쩌구 어째? 여, 글로스터, 글로스터! 내가 콘월 부부를 만나려고 하는 거야, 이 내가!

글로스터 예, 그렇게 말씀드렸습니다.

리어 왕 둘에게 다 말씀을 드렸다? 너는 내가 하는 말을 알아듣고 있나?

글로스터 잘 알아듣고 있습니다.

리어 왕 국왕이 콘월하고 할 이야기가 있는 거다. 애비가 딸하고 할 이야기가 있는 거다. 오라고 명령하는 거야. 이 말을 둘에게 전했느냐? 아! 숨도 피도 멎어버려라! 열화 같다구? 열화 같은 공작이라구? 열화 같은 공작에게 이렇게 말 좀 전해. 내가……. 아냐, 혹시 몸이 정말 불편한지도 모르지. 건강한 사람이면 자진해서 하는 일도 병이 나면 태만해지게 마련이거든. 피로 때문에 육체만이 아니라 정신까지도 고통을 받게 되면 우리는 본성을 잃게 마련이지. 음, 참자. 병자의 발작을 건강한 사람과 같이 생각하다니, 나의 너무 성급한 성질이 나빠. (켄트를 보고) 내 권세도 땅에 떨어졌구나! 뭣 때문에 저 사람을 이렇게 해놓은 거냐? 이걸 보면 공작부부가 나를 멀리하는 것은 뭔가 흉계가 있는 게 틀림없어. 저 하인을 풀어 놓아라. 공작 부처에게 내가 할 얘기가 있다고 전해라. 자, 빨리 나와서 내 말을 들어 보라고 해. 안 나오면 침실 입구에 가서 북을 쳐서 잠을 쫓아내 버릴 테니.

글로스터 부디 화목하게 지내셨으면 좋겠습니다. (퇴장)
리어 왕 아, 이 가슴! 진정해라.
광 대 아저씨, 그렇게 크게 야단을 치십시오. 점잔빼는 여편네가 뱀장어국을 끓이려고 생뱀장어를 밀가루 반죽에 넣을 때 같이 말야. 기어나오는 뱀장어 대가리를 때리며, '이놈아, 들어가, 들어가!'하듯이 말야. 말이 귀엽다고 사료에다 버터를 발라 준 자는 그 여자의 오라비였지.

글로스터의 안내로, 콘월, 리건, 시종들과 같이 등장

리어 왕 내외가 다 잘 있었니?
콘 월 전하께 인사 여쭙니다! (켄트를 풀어 준다)
리 건 전하, 뵈오니 기쁩니다.
리어 왕 그렇겠지, 리건아. 당연히 그래야지. 만일 만난 게 기쁘지 않다면 네 어머니가 간부인 셈이니,

그 무덤을 파내서 이혼을 해야 하겠지. (켄트를 보고) 오, 풀렸느냐? 그 문제는 나중에 얘기하고……. 리건아, 네 언니는 지독한 년이더라. 아아, 리건아, 그년은 불효라는 예리한 어금니로 독수리같이 여기를 물어뜯었다. (자기 가슴을 가리킨다) 말로는 설명할 수도 없다. 믿어지지 않을 거다. 얼마다 비열한 수단으로……. 아, 리건아!

리 건 제발 진정하세요. 언니의 심정을 아버지가 오해하신 것이 아닌가 싶어요. 언니가 효성을 소홀히 할 리 없어요.

리어 왕 뭐? 그건 무슨 뜻이냐?

리 건 언니가 조금이라도 게을리했다고는 생각되지 않아요. 혹시 언니가 아버님의 시종들의 난폭함을 막았다면, 거기에는 충분한 근거와 정당한 목적이 있어 그런 것이니 언니에게는 잘못이 없다고 생각해요.

리어 왕 그 망할 년!

리 건 아, 아버님은 늙으셨어요. 아버님은 고령이시고 기력도 얼마 남지 않으셨으니까 자기보다는 사정을 더 잘 아는 분별 있는 사람에게 의지하고 그의 지도를 따르셔야 해요. 그러니 아버님, 제발 언니에게로 돌아가셔서, 용서를 빌고 지난 일은 모두 잘

못됐다고 말씀하세요.

리어 왕 그년에게 용서를 빌라고? 이것이 내가 할 짓이란 말이냐! '아가씨, 나는 늙어 빠졌습니다. 늙은이는 소용없지요. (무릎을 꿇으며) 이렇게 무릎을 꿇고 애원합니다. 부디 옷과 잠자리와 먹을 것을 좀 주십시오!'라고 빌라고!

리 건 그만두세요! 그건 보기 흉한 장난이세요. 언니에게로 돌아가세요.

리어 왕 (일어서면서) 절대로 안 가겠다. 그년은 내 부하를 반으로 줄인데다, 눈으로 나를 무섭게 노려보고 독설을 휘두르며 독사같이 이 가슴을 물어뜯었다. 하늘에 저장돼 있는 모든 복수 전부가 그 호래딸년 머리 위에 내려라! 하늘의 독기여, 그년의 아직 태어나지 않은 자식들에게 스며들어서 절름발이로 만들어라!

콘 월 저런, 저런!

리어 왕 날쌘 번개야, 눈을 멀게 하는 너 번갯불로 오만한 그년 눈을 찔러 줘! 강렬한 일광에 뿜어오르는 늪의 독기야, 내려와서 그년의 미모를 없애 놓고, 그년의 오만을 때려 부숴라!

리 건 아, 무서워! 화를 내시면 저렇게 내게도 악담을 하시겠지.

리어 왕 아니다 리건, 너를 저주하는 일은 절대로 없을 거다. 너는 본래 착한 부덕을 지니고 있으니까 몰인정한 짓은 안하겠지. 그년 눈은 사납지만 네 눈은 상냥하고 불타지 않는다. 너는 나의 기쁨을 훼방하거나 하인을 줄이거나 꽥꽥 말대답을 하거나 부양료를 깎거나, 그리고 끝내는 내가 찾아가는 것이 싫어서 성문을 잠그거나 하지는 않을 테지. 너는 잘 분간할 거다. 인간의 본분이나 자식된 책임이나 예의 범절이나 은혜를 갚는 길들을. 내가 왕국의 반을 준 것을 너는 잊지 않았을 것이니까.

리 건 아버님, 이제 용건을 말씀하세요.

리어 왕 내 사람을 족쇄에 채운 놈은 누구냐? (안에서 나팔 소리)

콘 월 저 나팔 소리는?

리 건 확실히 언닐 거예요. 편지로 알려 온 대로 벌써 오시는군요.

오즈왈드 등장

리 건 공작 부인이 오셨소?

리어 왕 요놈, 여우 같은 놈! 변덕스런 여주인의 총애를 믿고 우쭐해서 잘난 체 뻐기는 놈! 썩 물러가라, 종놈아! 꼴도 보기 싫다!

콘 월 왜 그러십니까?

리어 왕 내 사람에게 족쇄를 채운 놈은 누구냐? 리건아, 너는 아니겠지?

거너릴 등장

리어 왕 누구냐, 오는 건? 아, 하늘이여! 늙은이를 가엾게 여기시고, 당신의 높으신 지배가 효심을 가상하게 여기신다면, 또는 당신 자신이 늙으셨다면, 부디 저를 보우해 주시고, 하늘의 사자를 내려보내셔서 저를 도와주십소서! (거너릴에게) 너는 이 수염을 봐도 창피하지 않느냐? 오, 리건! 너는 그녀의 손을 붙든단 말이냐?

거너릴 손을 붙들어서 무엇이 나쁩니까? 제가 무슨 무례한 짓을 했나요? 분별없는 사람이 생각하는 무례, 망령한 분이 말하는 무례, 그것이 그대로 죄다 무례일 수는 없지 않아요?

리어 왕 아, 이 가슴아, 너는 어지간히 질기구나! 용케 터지지 않는구나! 왜 내 하인에게 족쇄를 채웠어?

콘 월 제가 채웠습니다. 그놈의 무례한 행동은 한층

더한 처벌을 받아 마땅합니다.
리어 왕 뭣이, 네가! 네가 했어?
리 건 아버님, 아버님은 연로하시니까 연로하신 분답게 처신하세요. 이제 돌아가셔서 한달이 지날 때까지 언니네서 계시다가 시종들을 반으로 줄여 가지고 제게로 오셔요. 저는 지금은 집을 떠나 있고, 또 아버님을 모시려고 해도 전혀 필요한 준비가 돼 있지 않아요.
리어 왕 저년한테로 돌아가라고? 그리고 시종 오십 명을 내보내라고? 싫다! 그러느니 차라리 두 번 다시 지붕 밑에 살지 않겠다. 늑대나 올빼미의 벗이 되어 궁핍의 고통을 달래는 것이 낫지. 저년한테 돌아가라고? 저년한테 갈 바에야 막내딸을 알몸으로 데려간 저 맹렬한 프랑스 왕 앞에 무릎을 꿇고 비천한 신하모양 여명을 이을 연금을 얻어 쓰는 것이 낫지. 저년한테 돌아가라고? 차라리 (오즈왈드를 가리키며) 구역질이 나는 저런 노예가 되라고, 짐말이 되라고 권해라.
거너릴 그럼 마음대로 하세요.
리어 왕 (거너릴에게) 애, 제발 나를 미치게 하지 말아라, 내 자식이지만 네 신세는 지지 않을 테다. 잘 있거라, 두 번 다시 만나지 않겠다. 다시는 서로 얼굴을 맞대지 않겠다. 허지만 너는 내 살과 피를 나눠 가진 딸이다. 아니, 내 살 속에 있는 병이지. 그래도 내 것이라고 하지 않을 수는 없지. 너는 내 썩은 피 속에 생긴 종기다. 매독으로 생긴 헌 데다, 퉁퉁 부은 부스럼이다. 허나 나는 너를 책하지 않겠다. 창피를 당할 날이 올때는 오더라도 내가 그걸 불러 오진 않겠다. 뇌성의 신(神)보고 사살해 달라고 부탁하지도 않겠다. 숭고한 심판자 주피터 신에게 너를 고발하지도 않겠다. 개심할 때가 오면 개심해라. 기회를 봐서 좋은 사람이 되어라. 나는 참을 수 있다. 리어건한테 있으면 돼, 나와 내 백 명의 기사는.

리 건 그렇겐 안돼요. 저는 아직 아버님을 기다리지 않았어요. 맞아들일 준비가 돼 있지 않아요. 언니 말을 들으세요. 그렇게 화를 내시더라도 분별 있는 사람이 보면 노인이니까, 하고 참아 줄 거니까……. 그리고 아버님, 언니는 자기 자신이 하는 일을 잘 알고 있어요.

리어 왕 너는 진정으로 그런 말을 하는 거냐?

리 건 네, 진정으로 하는 거예요. 시종이 오십 명이라

고요? 그만하면 됐지 뭐예요? 그 이상 둘 필요가
어디 있어요? 아니, 그것도 많지요. 그렇게 수가
많으면 비용으로나 위험성으로나 보통이 아니예요.
한 집에, 두 주인 밑에, 어떻게 그 많은 하인이 화
평스럽게 지낼 수가 있겠어요? 어려워요. 거의 불
가능하지요.
거너릴 동생의 하인이나 제 하인을 부리면 안 되시나요?
리 건 왜 안 되시나요? 만일 하인이 불손하면 저희들
이 얼마든지 단속하지요. 만약 이번에 저희 집에
오시려면, 글쎄, 그런 위험성이 내다보이니까 말예
요……. 제발 하인들을 스물 다섯 명으로 줄이세
요. 그 이상에게는 내줄 방도 없고 치다꺼리도 해
줄 수 없으니까요.
리어 왕 난 너희들에게 모든 것을 주었는데…….
리 건 정말 적당한 시기에 잘 주셨어요.
리어 왕 그리고 나는 너희들을 후견인으로 일체의 권
력을 맡겼다. 그 대신 일정한 수의 시종을 꼭 둔다
는 조건이었는데, 뭐, 이십 오 명밖에 안 된다고?
리건, 진정으로 그러는 거냐?
리 건 다시 한 번 말하겠어요. 그 이상은 절대로 안 되
겠어요.

리어 왕 나쁜 것도 옆에 더 나쁜 것이 나타나면 좋게 보이게 마련이지. 최악이 아닌 것이 다소는 가치가 있는 셈이 되구. (거너릴에게) 네게로 가겠다. 네가 말한 오십 명은 이십 오 명의 배니까, 네 효심이 저년의 두 갑절이다.

거너릴 잠깐 기다리세요. 시종은 이십 오 명이고, 열 명이고 아니 다섯 명이고, 둘 필요가 어디 있어요? 집에는 그 갑절이나 되는 하인들이 있으니까 언제든지 아버님 시중을 들 수 있잖아요.

리 건 한 명도 필요 없을 것 아녜요?

리어 왕 오, 필요를 따지지 말아! 아무리 비천한 거지라도 아주 하찮은 물건일망정 여분은 가지고 있다. 자연이 필요 이상의 것을 인간에게 허용 하지 않는다면, 사람의 생활은 짐승과 다를 것이 없다. 너는 귀부인이지. 헌데 만일 옷을 따뜻하게 입는 것이 사치라면, 별로 따뜻하지도 않은데 네가 입고 있는 그런 사치스런 옷은 인간으로서 무슨 필요가 있단 말이냐? 그러나 정말로 필요한 것은……. 하늘의 신들이여, 내게 인내를 주십시오. 내게는 인내가 필요합니다! 신들이시여, 나는 이렇게 불쌍한 늙은 입니다. 슬픔이 가슴에 가득 차고 나이는 들어서 어차피 불쌍한 신셉니다. 이 딸년들의 마음을 아비에게 배반케 하는 것이 당신의 뜻일지라도 내가 그걸 참고 견딜 수 있을 만큼 바보 취급은 하지 말아 주십시오. 나에게 의분을 일으켜 주십시오! 여자나 무기로 쓰는 눈물 방울로 이 사내의 볼을 더럽히지 않게 해주십시오. 이 흉악한 마녀 같은 것들아! 반드시 복수를 하겠다. 두고 봐라, 온 세상이……. 꼭 할 테다! 뭣을 할지 아직은 나도 모르겠다만, 온 세상이 벌벌 떨게 할 테다. 네년들은 내가 울 줄 알았지? 절대로 안 운다. 울 이유야 충분히 있지. (폭풍 소리) 하지만 이 심장이 몇 만 조각이 나버리기 전에는 울지 않을 테다. 여, 광대야, 나는 미칠 것 같다!

리어 왕, 글로스터, 켄트, 광대 퇴장

콘 월 자, 안으로 들어갑시다. 폭풍우가 일어날 것 같소.
리 건 이 집은 비좁아서 그 젊은이와 시종들이 다 들어갈 수는 없어요.
거너릴 자업 자득이지. 스스로 편한 것을 버렸으니까, 바보 짓의 맛을 봐도 싸지 뭐야.
리 건 아버님 한 분만이라면 기쁘게 환영해 드리겠는데, 시종은 한 사람도 안 돼요.

거너릴 나도 그럴 결심이에요. 글로스터 백작은 어디 갔을까?

콘 월 젊은이를 따라갔소. (글로스터 되돌아온다) 아, 돌아오는군.

글로스터 왕께서 대단히 노하셨습니다.

콘 월 어디로 가셨소?

글로스터 말을 타고 계신데 어디로 가실는지는 모르겠습니다.

콘 월 내버려두는 게 좋아, 고집대로 하라고.

거너릴 백작, 절대로 만류하지 마세요.

글로스터 아아, 밤은 되고, 사나운 바람이 몹시 불어옵니다. 이 근처 수 마일은 거의 덤불 하나 없습니다.

리 건 아, 고집쟁이에게는 자업자득의 고생이 좋은 교훈이 돼요. 문을 모두 닫으세요. 아버님은 난폭한 시종들을 데리고 있어요. 그들이 아버님을 부추겨 무슨 짓을 하게 할는지 몰라요. 그러니 경계해야 해요.

콘 월 백작, 문을 닫으시오. 오늘 밤은 날씨가 험악하군요. 리건 말이 옳아. 자, 폭풍우를 피합시다.

모두 퇴장

제 3 막

제 1 장

황야
천둥, 번개, 폭풍. 켄트와 한 기사가 좌우에서 등장

켄 트 누구냐? 험한 날씨뿐인 줄 았았더니.
기 사 날씨와 같이 몹시 마음이 불안한 사람이오.
켄 트 지변이군요. 임금님은 어디 계시오?
기 사 폭풍우와 싸우고 계시오. 바람을 보고, 이 대지를 바다 속으로 흩날려버리든지, 소용돌이치는 파도가 육지로 밀려와서 천지를 뒤엎고 모든 것을 다 없애버리든지 하라고 호통을 치고 계십니다. 자기의 백발을 쥐어뜯고 계시는데, 맹목적으로 사납게 부는 광풍은 임금님의 백발을 움켜잡고 조롱을 하고 있습니다. 사람의 조그만 몸을 가지고 혹심한 폭풍우한테 해대려고 발버둥을 치고 계십니다. 젖을 다 빨려버린 발광한 어미 곰도 숨어 있고, 사자나 굶주린 늑대로 비에 젖지 않으려고 하는 이 밤에, 모자도 안 쓰시고 뛰어다니시며 될 대로 되라고 외치고 계십니다.

켄 트 하지만 곁엔 누가 있겠지요?

기 사 광대가 있을 뿐입니다. 그놈은 열심히 익살을 부려서 심장을 때려부수는 듯한 고통을 제거해 드리려고 애를 쓰고 있습니다.

켄 트 나는 노형의 인품을 잘 알고 있소. 그래서 당신을 믿고 중대한 일을 부탁하오. 서로 교묘하게 가면을 쓰고 있어서 아직 표면에 나타나 보이지는 않지만 실은 올버니 공작과 콘월 공작 사이는 깊은 금이 가 있소. 그렇지만 두 공작의 하인 중에는— 하기야 운명의 힘으로 왕위나 높은 지위에 오른 사람에게는 그런 것이 붙어 있게 마련 이지만— 겉으로는 충복인 척 하면서 비밀로 프랑스 왕의 간첩으로 우리 나라의 정보를 몰래 프랑스에 보내는 자가 있소. 그래서 그 정보가 탐지해낸 두 공작의 압력이나 음모, 또는 착한 노왕에 대한 두 공작의 가혹한 행실이며 또는 그것들은 아마 표면상의 이유일 뿐 실은 그 속에 숨겨진 무슨 깊은 비밀이며, 샅샅이 보고되고 있는 것이오. 아무튼 프랑스 군대가 분열된 우리 나라를 공격해 올 것이 확실합니다. 실제 그들은 우리가 방심한 틈을 타서, 몰래 우리 나라의 어떤 주요 항구에 이미 상륙하여 공공연하게 이리로 진격해 올 태세요. 그러니 부탁이오. 나를 믿고 지금 곧 도버로 가서, 임금님이 얼마나 학대를 받고, 미칠 것 같은 비탄에 빠져 계시는지를 정확히 보고해 주시면 당신의 노고에 보답할 사람이 있을 것이오. 이렇게 말하는 나는 혈통으로나 가문으로나 어엿한 신사입니다. 당신에 대해서는 다소 알고 있소. 신원도 확인해 두었기에 일을 부탁하는 것이오.

기 사 더 자세히 설명을 들려 주셔야지요.

켄 트 염려 마시오. 내가 외모 이상의 신분이라는 증거로 이 돈주머니를 드리다. 속을 열고 자유로이 써 주시오. 만일 코델리아 님을 뵙거든, 꼭 뵙게 될 것입니다만, 이 반지를 보여 드리면 지금은 모르시는 이 사람이 누군지를 말씀해 주실 거요. 무슨 비바람이 이렇게 심하담! 임금님을 찾으러 가봐야겠소.

기 사 자, 악수를. 더 하실 말씀은 없소?

켄 트 몇 마디만 더. 제일 중요한 것이오. 임금님을 만나거든, 당신은 저쪽으로 나는 이쪽으로 가니까 처음 만나는 사람이 큰소리를 질러서 신호 하기로 합시다.

따로따로 퇴장

제 2 장

황야의 다른 곳
폭풍우, 리어 왕과 광대 등장

리어 왕 바람아, 불어라! 내 뺨을 찢어라! 뒤끓어라! 쏟아져라! 폭포수 같은 호우야, 억수 같은 폭우야, 내리쏟아져서, 높이 솟아 있는 첨탑을 침수시키고 첨탑 꼭대기에 달린 팔랑개비를 익사시켜 버려라! 순식간에 천지를 달리는 번갯불이여, 참나무를 두 동강내는 천둥의 선도자인 번개여, 내 백발을 태워라! 천지를 진동하는 뇌성이여, 둥근 지구를 때려 부숴서 납작하게 만들어라! 인간 창조의 모태를 부수고, 배은하는 인간을 만드는 씨를 당장에 쓸어 없애 버려라!

광 대 오 아저씨, 비 안 맞는 집안에서 아첨하는 것이 밖에서 비맞는 것보다는 나아요. 아저씨, 돌아가서 따님들더러 축복해 달라고 빌어요. 이런 밤은 똑똑한 놈이나 바보나 동정하지 않으니까.

리어 왕 천둥아 울려라! 불아, 타거라! 비야 쏟아져라! 비도 바람도 천둥도 번개도 내 딸은 아니다. 너희들을 불효라고 책하지는 않겠다. 너희들에게는 영토를 주지도 않았고 너희들을 내 딸이라고 부르지도 않았다. 너희들은 내게 복종할 의무가 없어. 그러니 마음대로 무서운 짓을 하여라. 나는 너희들의 노예다. 이와 같이 가엾고 무력하고 쇠약하고 천대받는 노인이다. 그러나 나는 너희들을 비굴한 첩자라고 부르겠다. 저 악독한 두 딸의 편을 들어서, 이런 늙은이의 백발 두상에다 하늘의 군대를 끌고 오다니! 아, 너무한다.

광대 머리를 넣어 둘 집을 가진 사람은 지혜 있는 사람이지.

    머리 넣을 집도 없이
    불알 넣을 바지 가지면
    머리나 불알에 이가 끓지
    거지들은 그렇게 장가들지
    마음 속에 간직해 둬야 할 것을
    발가락에 달고 다니면
    아픈 티눈 때문에 잠을 못 자고
    눈을 뜬 채 긴 밤을 새워야 되지.

그렇지, 어떤 미인도 거울 앞에서는 온갖 표정을

지어 보거든.

켄트 등장

리어 왕 아니야, 나는 인내의 모범이 돼야지. 아무 말도 말아야지.

켄 트 누구냐?

광 대 왕관과 바지에 불알 주머니가 달린 사람이다. 글쎄, 똑똑한 사람과 바보 말야.

켄 트 아이고 전하, 여기 계셨어요? 밤을 즐기는 짐승도 이런 밤은 싫어하지요. 이렇게 날씨가 험해서 암야를 헤매다니는 맹수들조차 겁이 나서 굴 속에 숨어 있겠습니다. 이렇게 처참한 번개, 이렇게 무서운 천둥, 이렇게 뒤끓는 폭풍우의 울부짖음은 태어나서 아직껏 당해 본 일이 없습니다. 사람의 몸으로는 도저히 이런 고통이나 공포를 감당할 수가 없습니다.

리어 왕 우리 머리 위에 이렇게 무서운 혼란을 펼쳐 놓고 있는 신들이여, 이제는 진짜 적을 분간하십시오. 무서워서 떨어라. 너 비밀의 죄를 가슴 속에 안고 있으면서도 아직껏 정의의 회초리를 받지 않고 있는 죄인아. 숨어 봐라, 너 살인자야, 너 위증

자야, 너 사음을 범하고도 근엄한 척하는 놈아. 손발이 떨어지도록 덜덜 떨어 봐라. 교묘하게 남의 눈을 속여 사람을 모살(謀殺)하려고 한 악당아, 마음 속에 깊이 숨어 있는 죄업들아, 너희들을 싸서 숨기고 있는 가슴패기를 찢고 나와서 이 무서운 호출자에게 자비로움을 빌어라. 나는 네게 죄를 범했다기보다 침범을 당한 사람이다.

켄 트 아아, 모자도 안 쓰시고? 전하, 근처에 오두막이 있습니다. 누구 인정 있는 사람이면 비바람을 피하시도록 빌려 줄 겁니다. 거기서 잠시만 쉬고 계십시오. 그 동안 제가 그 인정 없는 집, 석조이긴 하지만 돌보다 찬 집, 아까도 임금님을 찾았더니 들어오지 못하게 하던 집, 그 집에 다시 가서, 무척 인색하게 구는 예의를 무리로라도 지키게 해 보겠습니다.

리어 왕 내 정신이 이상해지기 시작하는구나. 얘, 이리 오너라, 응? 추우냐? 나는 춥구나. (켄트에게) 여, 네가 말한 그 짚자리는 어디 있느냐? 곤궁은 신기한 마술을 가졌거든. 천한 것도 귀한 것으로 해주니까. 그 움막으로 가자. 얘, 광대놈아, 나는 마음 속 한 구석에서 너를 여간 불쌍하게 생각하고 있는

게 아니다.
광 대 (노래한다)

　　지혜가 모자라는 사람이라면
　　바람이 부는 날도 비오는 날도
　　죄다 운으로 체념을 하라
　　날마다 비만 내리더라도.

리어 왕 정말 그렇다, 애야. 자, 그 오두막으로 안내해라.

　　리어 왕과 켄트 퇴장

광 대 탕녀의 욕정을 식히기엔 좋은 밤이다. 나가기 전에 예언을 하나 해야겠다.

　　신부(神父)가 말이 앞서게 될 때
　　술장수가 물로 누룩을 망치게 될 때
　　귀족이 재봉사의 선생이 될 때
　　이교도말고 갈보 서방만 화형을 당하게 될 때
　　소송이 죄다 정당히 판결될 때
　　빚에 쪼들리는 시골 귀족 없고, 가난한 기사 없게 될 때
　　욕이 남의 혀에 오르지 않게 될 때
　　소매치기가 사람들 틈에 나타나지 않게 될 때
　　고리 대금 업자가 들에서 돈을 계산하게 될 때
　　뚜쟁이와 갈보들이 교회를 세우게 될 때

그때는 앨비온[英國]나라 천지에
큰 혼란이 일어나지
그때까지 살아 보면 알게 되겠지만
발은 걷는 데 쓰자는 것이지.
 이런 예언은 멀린 예언자가 해야지, 나는 그보다는 전시대 사람이니까.

　광대 퇴장

제 3 장

글로스터 백작 성의 한 방
글로스터와 에드먼드, 횃불을 들고 등장

글로스터 아아, 아아, 에드먼드야, 그렇게 의지도 인정도 없는 처사는 처음 봤구나. 임금님을 가엾게 생각하여 도와드리려고 공작 부부께 애원했다가 나는 집을 몰수당해 버렸다. 그뿐 아니라 만약 다시 임금님 이야기를 꺼내든지 임금님을 위해서 탄원하든지, 또는 어떠한 방법으로나 원조를 하든지 하면, 영원히 자기네의 노염을 살 각오를 하라는 엄명이 내렸다.

에드먼드 지독하게 난폭하고 무도하군요!

글로스터 아서라, 아무 말 말아라. 두 공작 사이에는 불화가 일어나고, 거기다가 더 불행한 일이 일어났다. 오늘 밤 한 통의 밀서를 받았는데……. 이걸 입 밖에 내는 것은 위험하다. 밀서는 안방에 자물쇠를 채워서 감춰 두었다. 현재 임금님이 받고 계신 학대에 대해서는 철저한 복수가 있을 거다. 벌써 군대가 일부 상륙했어. 우리는 임금님 편을 들어야 한다. 지금부터 찾아가서 비밀리 도와드려야지. 너는 가서 공작님을 상대해라, 나의 호의가 눈치채이지 않게 하기 위해서다. 내 얘기를 묻거든 몸이 불편해 누워 있다고 해라. 이 일로 목숨을 잃더라도, 사실 그렇게 위협당하고 있는데……. 오랫동안 섬겨온 임금님이니 꼭 도와드려야겠다. 에드먼드야, 무슨 일이 일어날 것만 같구나. 부디 조심해라.

글로스터 퇴장

에드먼드 당신께 금지된 충성을 곧 공작에게 알려야지, 밀서의 건도 같이. 이건 큰 공적이 될 것 같다. 그러면 당신이 잃은 재산은 몽땅 내 차지가 되지. 젊은이가 일어서는 건 늙은이가 쓰러질 때다.

제 4 장

황야의 오두막집 앞
폭풍우 속에 리어 왕, 켄트, 광대 등장

켄 트 여기입니다. 자, 들어가십시오. 암야의 들에서의 이렇게 맹렬한 폭풍우는 사람으로선 견디지 못합니다.

리어 왕 내 염려는 하지 말아.

켄 트 들어가십시오.

리어 왕 내 가슴을 부숴 놓겠단 말이냐?

켄 트 오히려 제 가슴을 부숴 놓고 싶습니다. 부디 들어가십쇼.

리어 왕 이렇게 밀어닥치는 폭풍우로 흠뻑 젖은 것을 너는 대단한 일로 알고 있군. 네게는 그럴 테지. 하지만 큰 병을 앓고 있을땐 작은 병은 느껴지지 않는다. 곰을 보면 누군든지 도망치지만, 앞에 파도치는 바다가 가로막고 있으면 이를 드러내 놓고 있는 곰에게도 대적할 수밖에. 마음에 고민이 없을 때에는 육체의 고통은 예민하게 느껴지지만 내 가슴 속에는 폭풍우가 일고 있기 때문에 육체는 아무 감각도 없어. 이 가슴을 치는 놈밖에는……. 불효자! 음식을 가져오는 자기 손을 입으로 물어뜯는 격이 아닐까? 실컷 응징을 해줘야지! 아냐, 이제 울지 않겠다. 이런 밤에 나를 내쫓다니! 억수같이 쏟아져라! 나는 참겠다. 이런 밤에? 아, 리건, 거너릴! 아낌없이 모두 내준 늙고 인자한 아비를, 아, 그것을 생각하면 미칠 것만 같다. 그런 건 생각하지 말아야지! 그만두자.

켄 트 부디 어서 들어가십시오.

리어 왕 너나 들어가서 편히 쉬어라. 이 폭풍우 덕분에 더욱 몸에 해로운 일들은 돌이켜 생각해 보지 않아도 되겠구나. 허나 들어가자. (광대를 보고) 들어가, 얘, 먼저 들어가라. 집도 없는 가난뱅이……. 얘, 먼저 들어가라. 이제 나는 빈자를 위하여 기도를 올리고 자겠다. (광대 들어간다) 헐벗고 불쌍한 가난뱅이들아, 지금 너희들이 어디있든간에 이런 무자비한 폭풍우에 시달리며 머리를 넣을 집도 없고, 굶주린 배를 부여안고 창문같이 구멍이 난 누더기를 걸치고, 어떻게 이렇게 험한 날씨를 감당하느냐? 아, 나는 이제까지 너무도 무관심했다. 영화를 누리고 있는 자들이여, 이걸 약으로 삼아라. 폭우에 시달려 보고 가난뱅이들의 처지를 경험해 봐라. 그러면 넘고 처지는 것을 털어내서 남들에게 나눠 주고, 하늘의 도리는 우리가 생각하는 것보다 더 공정함을 증명해 보일 수 있을 것 아니냐.

에드거 (안에서) 한 길 반이다. 한 길 반이다! 불쌍한 톰이다. (광대, 놀라며 움막에서 뛰어 나온다)

광 대 들어가지 말아, 아저씨. 귀신이야! 사람 살려, 사람살려!

켄 트 내 손을 붙들어. (안에다 대고) 누구냐, 거기 있는 건?

광 대 귀신이야, 귀신! 제 이름은 불쌍한 톰이래요.

켄 트 거기 짚자리에 앉아서 중얼거리는 놈은 누구냐? 이리 나와.

    미치광이같이 가장한 에드거가 움막에서 나온다.

에드거 저리 갓! 아, 악마가 쫓아온다! 가시 돋친 산사나무 가지 사이로 찬바람이 분다. 흥! 악마야, 참 잠자리로 들어가서 몸뚱이를 녹여라.

리어 왕 너도 두 딸에게 다 줘버렸느냐? 그래서 이 지경이 됐느냐?

에드거 이 불쌍한 톰에게 누가 동냥을 좀 주지 않겠습니까? 악마가 톰을 끌고 다닙니다. 불 속, 불꽃 속, 개울 속, 여울 속, 늪, 수렁 위로 끌고 다닙니다. 악마는 베개 밑에 칼을 넣어 놓거나, 복도에 목매달아 죽을 밧줄을 걸어 놓고 있습니다. 혹은 죽그릇 옆에 쥐약을 갖다놓고, 혹은 교만한 마음을 일으키게 하여 다섯 치밖에 안 되는 다리를 밤색 말로 건너게 하고, 반역자를 잡는답시고 제 그림자를 쫓게 하는 것도 그놈의 짓입니다. 신의 가호로 당신은 미치지 마십시오! 톰은 추워. 아, 덜, 덜, 덜, 신의 가호로 당신은 회오리바람도 별의 독기도 받지 마시고, 악마에게 들키지도 마십시오. 불쌍한 톰에게 자선 좀 베풀어 주세요. 톰은 악마에 들려 있습니다. 자, 이번엔 꼭 악마를 붙들어야지! 여기, 여기다. 아니 저기다. (여전히 폭풍우)

리어 왕 뭐야, 이놈도 제 딸 때문에 이 꼴이 되었나? 너도 네 몫을 아무것도 남겨 놓지 않았느냐? 모두 주어버렸어?

광 대 담요 한 장은 남겨 놨군그래. 그것마저 줘버렸더라면 이쪽이 창피해서 못 볼 거야.

리어 왕 인간의 비행 위에 떨어지려고 벼르고 있는 공중의 모든 독기가 너의 딸들 위에 떨어져라.
켄 트 저 사람에게는 딸이 없습니다.
리어 왕 죽어라, 반역자야! 불효의 딸이 없고서야 인간이 저렇게 망측하게 될 리가 있나. 버림받은 아비들이 저렇게 자기 육체를 무자비하게 취급하는 것이 요즘 세상의 유행이냐? 당연한 벌이지! 제 아비의 피를 빨아먹는 펠리칸 같은 딸을 낳은 것은 본래 이 살[肉]이었으니까.
에드거 필리콕 양반은 필리콕언덕 위에 앉아 있군. 여기! 여기, 여, 여!
광 대 이런 추운 밤엔 모두 바보나 미치광이가 돼버릴 거야.
에드거 악마를 조심해요. 부모 얘기를 잘 듣고, 약속을 꼭 지켜요. 함부로 맹세하지 말고, 남의 아내를 범하지 말고, 좋은 옷에 정신 팔지 말아요, 톰은 추워.
리어 왕 너는 전에 무엇을 했나?
에드거 이래봬도 여간 아닌 건달이었지요. 머리는 지지고, 모자에는 애인한테서 받은 장갑을 달고, 주인 아씨 색정을 맞춰 주며 숨은 짓도 좀 하고요. 입만 열었다하면 맹세를 하고는, 하나님의 인자한 얼굴 앞에서 깨뜨려버리고, 자고 있을 때는 성욕을 만족시킬 궁리를 하고 눈을 뜨면 그것을 실행하고요. 술은 고래고, 노름에는 미치고, 또 여자에 있어서는 터키 왕을 뺨칠 정도로 호색한이구요. 거짓말쟁이고 귀는 얇고 손은 잔인하고, 게으르기론 돼지요 교활하기로는 여우요 욕심 많기론 이리요 미치광이 같기로는 개요 잡아먹기론 사자였어요. 구두 소리가 나고 비단옷 스치는 소리가 난다고 여자에게 한눈을 팔아서는 안 됩니다. 갈보집에는 발을 들여놓지 말고, 치마 구멍에는 손을 넣지 말고 고리대금쟁이의 장부에는 펜을 대지 말고, 악마는 쫓아버리세요. 산사나무 사이로 찬바람이 불고 있군, 윙, 윙, 윙 하고. 돌고래 이놈아! 자! 통과시켜 줘라. (폭풍우 계속)

리어 왕 넌 이런 맹렬한 비바람을 알몸뚱이로 대하고 있느니, 차라리 무덤 속으로 들어가 버리는 게 낫잖겠나. 사람이 저자 꼴밖에 될 수 없느냐? 잘 봐라. 너는 누에에서 비단도 얻지 못했고, 짐승에게서 가죽도, 양에게서 털도, 고양이에게서 사향(麝香)도 얻지 못했구나. 하! 하! 여기 세 사람은 타락한 가짜들인데, 너만이 진짜다. 옷을 벗으면 인간은 너같이 불쌍하고 발가벗은 짐승에 불과해! 벗어라, 버리자, 빌어 입은 이런 것들은! 애, 이 단추 좀 풀어 줘. (리어 왕, 옷을 벗으려고 몸부림친다)

광 대 이크 아저씨, 좀 참아요. 오늘 밤은 날씨가 나빠 헤엄은 못 쳐요. 넓은 벌판에 작은 불이 있어 봤자, 색골 늙은이의 심장 같은 거야. 조그만 불똥만 하나 있을 뿐, 몸뚱이 전부는 차디차거든 저것 봐라? 불이 이쪽으로 걸어온다.

글로스터, 횃불을 들고 등장

에드거 이것은 악마 플리버티지베트로구나. 저놈은 인경 칠 때 나타나서 첫닭 울 때까지 떠돌아다니거든. 우리를 삼눈쟁이·사팔뜨기·언청이로 만드는 것은 저것의 짓이야. 밀 이삭을 썩이고, 흙 속의 지렁이를 곯리는 것도 저놈의 짓이야.

마귀 쫓는 성자가 벌판을 세 번 가로질러 가다가
아홉 마리 새끼 가진 마귀 만났지
성자는 앞으로 못된 짓 말라고 맹세시켰지.
그러니 마귀야, 꺼져! 없어져!

켄 트 전하, 왜 이러십니까?

리어 왕 저것은 누구냐?

켄트 거 누구냐? 무엇을 찾느냐?

글로스터 뭐냐, 너희들은? 이름을 대라.

에드거 불쌍한 톰입니다. 이놈은 물에 노는 청개구리도 두꺼비도 올챙이도 도마뱀도, 도룡농도, 뭐나 먹습니다. 악마가 지랄을 하면 이놈은 화가 나서 푸성귀 대신 쇠똥을 먹고, 늙은 쥐나 하수구에 버려진 개도 삼키고, 웅덩이 물을 푸른 이끼째 모두 마셔버립니다. 이놈은 매를 맞고 마을에서 마을로 쫓겨다니며, 족쇄를 채이고 감옥에 갇히곤 하는 놈인데, 이래봬도 전에는 여보쇼, 웃도리를 세 벌, 몸에는 셔츠를 여섯 벌 가졌던 놈이 랍니다.

  말도 타고, 칼도 차고 다녔지

  새앙쥐와 들쥐들이

  기나긴 일곱 해 동안 톰의 음식이었지.

 나를 따라다니는 놈을 조심해. 가만 있어, 악마 스말킨아! 가만 있어! 이 악마야!

글로스터 아니, 전하, 이런 놈하고 계셨습니까?

에드거 염라대왕은 신사지요! 그 이름은 모도우라고 하는데 마후라고도 해요.

글로스터 전하, 살과 피를 나눈 자식들까지 몹시 악독해져서, 낳아 준 부모를 미워하는 세상이 됐습니다.
에드거 불쌍한 톰은 추워요.
글로스터 자, 가십시다. 저는 전하의 신하로서 따님들의 무정한 명령에 복종할 수는 없습니다. 저의 성문을 닫고, 전하를 이 밤중의 맹위 속에 고생을 하게 놔두라는 엄명이었습니다만, 저는 전하를 뵙고 따뜻한 불과 식사가 준비되어 있는 곳으로 안내해 드리려고 찾아왔습니다.
리어 왕 먼저 이 학자하고 문답을 해보자. (에드거에게) 천둥은 어째서 생기느냐?
켄 트 전하, 저분의 말대로 하십시오. 그 집으로 들어가십시오.
리어 왕 나는 이 그리스 학자와 한 마디 해보겠다. 네 전문은 무엇이냐?
에드거 악마를 앞지르고 이〔蝨〕를 잡는 게 전문입니다.
리어 왕 네게 가만히 한 마디 물어 볼 것이 있다.
켄 트 (글로스터에게) 한 번 더 권해 보시오. 실성하기 시작하는 것같습니다.
글로스터 어디 노왕의 잘못이겠습니까? (여전히 폭풍우) 딸들이 노왕을 죽이려고 하니 말이오. 아! 그 훌륭한 켄트! 가엾게 추방당한 그 사람은 꼭 이렇게 될 거라고 말했지! (켄트에게) 임금님이 실성하기 시작한 것 같다고 당신은 말하지만 실은 나도 미친 것 같소. 내게도 자식 하나가 있었는데, 지금은 폐적했소. 그놈이 내 목숨을 노리잖았겠소. 최근, 아주 최근의 일이오. 나는 그놈을 사랑했었지요. 어떤 아비가 그렇게 사랑했겠소. 실은 그 설움 때문에 나는 미치게 된 것 같소. 무슨 밤이 이럴까! (리어 왕에게) 부디 전하.

리어 왕 아, 용서하오. (에드거에게) 철학 선생, 같이 갑시다.

에드거 톰은 추워요.

글로스터 (에드거에게) 어, 너는 그 오두막 속으로 들어가. 그 속에서 몸을 녹여.

리어 왕 자, 같이 들어가자.

켄 트 이쪽으로 오십쇼.

리어 왕 아냐, 저 사람하고 같이 가겠다. 나는 항상 저 그리스 철학 선생하고 같이 있고 싶으니까.

켄 트 (글로스터에게) 하자는 대로 놔두시고, 저 사람을 데리고 가게 해드리시오.

글로스터 저 사람은 당신이 데리고 오시오.

켄 트 (에드거에게) 여, 따라와. (모두에게) 다 같이 갑시다.
리어 왕 자, 아테네에서 온 선생.
글로스터 조용히, 조용히, 쉿!
에드거 젊은 기사 로울랜드가 껌껌한 탑에 도착했을 때
　　　　탑의 주인인 거인이 하는 말은 그전이나 다름없었다
　　　　'흐, 홍, 영국인의 피냄새가 나는군'이라나.

　　　　모두 퇴장

제 5 장

글로스터의 성의 한 방
콘월과 에드먼드 등장

콘 월 이 집을 떠나기 전에 기어코 복수를 하고 말 테다.
에드먼드 이렇게 부자간의 천륜조차 어기고 충성을 다했다는 소문이 퍼지겠지만, 그것을 생각하니 어쩐지 두렵기만 합니다.
콘 월 이제야 알았다. 네 형이 아비의 목숨을 노린 것도 네 형의 흉악한 성질 때문만은 아니었구나. 아비에게도 비난받을 만한 약점이 있어서, 그것이 아들에게 살의를 일으키게 한 것이로구나.
에드먼드 정당한 일을 하면서 그걸 뉘우쳐야만 하는 저의 운명은 얼마나 기구합니까! 이것이 아버지가 얘기하신 밀서입니다만, 이것으로 보아 아버지는 프랑스군을 돕는 첩자라는 것이 판명된 것입니다. 아, 아! 이런 반역이 없었더라면 좋았을 것을. 또는 내가 밀고자가 되는 일이 없었더라면 좋았을 것을!
콘 월 같이 공작 부인에게로 가자.

에드먼드 이 서면 내용이 사실이라면 공작께서는 큰 사건을 치러야 되시겠습니다.

콘 월 사실이든 아니든, 이제 네가 글로스터 백작이 되었다. 부친의 거처를 빨리 알아내서 곧 포박할 수 있게 해라.

에드먼드 (방백) 잘됐어. 임금님을 돕고 있는 장면이라도 발각되면 혐의는 더욱더 짙어지는 거다. (콘월에게) 저는 어디까지나 충성을 다할 각오입니다. 충과 효 사이의 갈등이 아무리 고통스럽더라도.

콘 월 나는 너를 신임하겠다. 그리고 부친 이상으로 너를 사랑하겠다.

　　두 사람 퇴장

제 6 장

글로스터의 성 부근 농가
글로스터와 켄트 등장

글로스터 이래도 한 데보다는 낫소. 감사합니다. 국왕을 좀더 편안히 해드리기 위하여 최선을 다해 볼 생각이오. 곧 돌아오리다.

켄 트 임금님은 울화가 치밀어서 온통 분별력을 상실하였습니다. 당신의 친절은 참으로 감사합니다.

(글로스터 퇴장)

리어 왕, 광대, 에드거 등장

에드거 악마 프라테레토우가 나를 부른다. 뭐, 네로 왕이 지옥의 호수에서 낚시질을 하고 있다고? (광대에게) 바보야, 기도를 하고 악마를 조심해라.

광 대 (리어 왕에게) 아저씨, 좀 가르쳐 주세요. 미친 놈은 도시의 신산가요, 시골의 농분가요?

리어 왕 왕이지, 왕이야!

광 대 아냐, 농부야. 그의 아들이 신사가 된 거야. 아들이 먼저 신사가 되게 한 것은 미치광이 농부지 뭐야.

리어 왕 수천의 악마들이 새빨갛게 달구어진 쇠꼬챙이를 들고 와서 그년들에게 덤벼들게 하자!

에드거 악마가 내 잔등을 물어뜯고 있어요.

광 대 늑대가 온순하다고 생각하고, 말을 병 없는 짐승이라고 믿고, 소년의 사랑이나 갈보의 맹세를 참말이라고 믿는 놈은 미친 사람이지.

리어 왕 그래, 그렇게 덤벼들게 하자. 곧 법정에서 심문하겠다. (에드거에게) 자, 박식한 재판장님은 이리 앉아요. (광대에게) 현명한 당신은 여기에. 그리고요 암여우들……!

에드거 저기 악마가 버티고 서서 노려보고 있어요! 부인, 저것들이 재판을 구경하고 있는데, 괜찮습니까?(노래)

    강 건너 이리 오라, 베티야

광 대 (노래)

    배는 물이 샌다
    그래도 말 못한다
    건널 수 없는 사랑의 강이기에.

에드거 악마가 꾀꼬리 소리가 되어 가지고 불쌍한 톰에게 달라붙어 있어요. 악마 흡단스는 톰의 뱃속에서 흰 날청어 두 마리를 달라고 야단입니다. 꿀꿀거리지 마라, 시커먼 악마야! 네게 먹일 것은 없으니까.

켄 트 왜 그러십니까? 그렇게 멍하니 서 계시지 마십시오. 좀 누우시고, 자리 위에서 쉬시지 않겠습니까?

리어 왕 먼저 그년들을 재판해야지. 증인을 불러와. (에드거에게) 법관복을 입은 재판장님, 착석하시오. (광대에게) 너는 동료 재판장이니 그 재판관석에 앉아라. (켄트에게) 너는 치안위원이다. 너도 착석해라.

에드거 공평하게 처리합시다. (노래)
 잠이 들었느냐, 깨었느냐, 즐거운 목동아
 네 양이 보리밭을 망치고 있다
 어여쁜 입으로 피리 불어도
 양에게는 해롭지 않을 것을
 야옹, 고양이도 쥐색이다.

리어 왕 먼저 저년을 호출해, 거너릴말야! 여기 훌륭한 분네들 앞에서 맹세합니다. 이년은 자기 아비인 불쌍한 왕을 발길로 찼습니다.

광 대 이리 나와. 네가 거너릴이냐?

리어 왕 아니라곤 못하지.

광 대 이거 실례했어. 잘 만들어진 걸상인 줄만 알았지.

리어 왕 여기 또 하나 있다. 저 비뚤어진 얼굴이 어떤 근성을 가진 여잔가를 잘 나타내고 있다. 붙잡아, 그년을! 무기를, 무기를! 칼을! 불을! 이 법정은 부패해 있군! 여, 부정한 재판관, 왜 저년을 놓쳤어?

에드거 신의 가호로 당신이 실성하지 마시기를!

켄 트 아, 가엾어라! 전하, 그렇게도 여러 번 장담하시던 그 인내는 어디다 두셨어요?

에드거 (방백) 동정하는 나머지 눈물이 쏟아져나와 도저히 숨기지 못하겠는걸.

리어 왕 강아지들까지도 죄다 나를 보고 짖어 대는구나. 트레이나 브랜치나 스위트 하트 같은 강아지들까지도.

에드거 톰이 이 머리통을 던져서 쫓아드리죠. 저리 갓, 이 강아지들아!

    입이 희든 검든
    물면 이빨에 독 있는 놈도
    집개, 사냥개, 잡종 개도
    큰개, 작은 개. 암캐, 수캐도
    꼬리 없는 것도, 꼬리 달린 것도

톰이 낑낑 짖게 해줄 테다
이렇게 내 머리통을 내던지면
개들은 뛰어서 도망쳐 간다.

덜, 덜, 덜, 춥다. 자, 자, 출발이다! 밤잔치 자리로, 시장으로. 불쌍한 톰아, 내 쇠뿔 술잔은 빈털터리다.

리어 왕 그럼 리건을 해부해 주시오. 그년의 가슴 속에는 무엇이 자라 있나 봅시다. 그런 냉혹한 마음을 만들어내는 그 무엇이 자연 안에 있단 말인가? (에드거에게) 얘, 너를 시종 백 명 중의 한 사람으로 등용하겠다. 다만 그 옷차림이 보기 흉하구나. 페르샤식이라고 할는지도 모르지만, 그건 바꿔 입어.

켄 트 전하, 누워서 잠깐 쉬십쇼.

리어 왕 조용히 해줘, 커튼을 쳐라. 그렇게, 그렇게. 저녁 식사는 아침에 하지.

광 대 그리고 나는 대낮에 자러 가야지.

글로스터 등장

글로스터 (켄트에게) 여보, 이리 나오시오. 나의 주인이신 전하는 어디 계시오?

켄 트 여기 계십니다. 하지만 조용히 하십시오. 올바른 정신을 잃고 계시니까요.

글로스터 어서 안아 일으키시오! 암살 음모가 있다는 소문이 들어왔소. 들것이 준비돼 있소. 그것에 태워서 빨리 도버로 모시고 가시오. 거기로 가면 환영과 보호를 받을 것이오. 어서 전하를 안아 일으키시오! 반 시간만 지체하는 날이면 전하의 목숨은 물론 당신의 목숨도, 전하를 도와드리려고 하는 모든 사람들의 목숨까지도 틀림없이 달아나고 마오. 빨리 안아 일으키시오, 빨리! 그리고 나를 따라오시오. 여행에 필요한 물건들이 있는 곳으로 안내하겠으니.

켄트 피로에 지쳐 곤히 잠드셨군요. 이렇게 쉬고 계신다면 부서진 신경도 다시 치유될는지도 모르지만, 형편상 휴식이 허락되지 않는다면 도저히 회복될 가망은 없습니다. (광대에게) 자, 손 좀 빌려라, 주인님을 안아일으키자, 너도 뒤에 처져서는 안 돼.

글로스터 자, 자, 갑시다!

글로스터, 켄트, 광대, 리어 왕을 안고 퇴장

에드거 높은 어른도 우리들과 마찬가지로 신고당하는 것을 보니, 나의 불행을 원망할 수는 없는 것 같구나, 남들이 안락하게 지낼 때, 자기 혼자만 고통을 받는 것이 제일 고통스럽지. 그러나 슬픔에도 동료가 있고, 고통에도 동무가 생기면 마음의 고통도 어느 정도 견딜수 있지. 지금의 나의 고통도 가벼워지고 견디기 쉽게 된 것 같다. 나를 굽히게 하는 것이 임금님의 고개도 수그리게 하고 있으니 말이다. 임금님은 딸들 때문에! 나는 아버지 때문에! 톰아, 물러가라! 귀인들간의 소동을 보고 있다가 때가 오면 나오너라. 네 명예를 더럽혀 준 오명이 설욕되고, 원래의 신분으로 될 날이 이제 반드시 올 거다. 오늘 밤 이 이상의 무슨 일이 일어나더라도 제발 전하께서는 무사히 피하시기를! 아, 숨자, 숨어.

퇴장

제 7 장

글로스터의 성의 한 방
콘월, 리건, 거너릴, 에드먼드, 하인들 등장

콘 월 (거너릴에게) 급히 돌아가서, 부군께 이 편지를 보여드리시오. 프랑스군이 상륙했습니다. (하인에게) 모반자 글로스터를 찾아오너라!

리 건 당장 교수형에 처하세요!

거너릴 눈을 뽑아버리세요!

콘 월 처분은 내게 맡기오. 에드먼드! 너는 처형(妻兄)을 모시고 가라. 네가 모반자인 너의 부친에게 우리가 하는 보복을 보는 건 좋지 않다. 올버니 공작 댁에 도착하거든, 시급히 개전의 태세를 갖추라고 전해라. 이쪽도 곧 준비를 하겠다. 둘 사이는 전령이 재빨리 왕래하면서 정보를 전달하도록 하겠소. 그럼 매씨, 안녕히. 글로스터 백작, 잘 가요.

오즈왈드 등장

콘 월 어떻게 됐냐? 왕은 어디 계시냐?

오즈왈드 글로스터 백작이 모시고 가버렸습니다. 왕의 기사 삼십 오,륙 명도 열심히 왕의 행방을 찾고 있었습니다만, 그들은 성문 앞에서 백작의 하인 수십 명과 합류하자 임금님을 경호하고 도버를 향해서 떠나버렸습니다. 거기에는 자기네 편 군대가 기다리고 있다고 호언하고 있었습니다.

콘 월 네 마님이 타고 가실 말을 준비해라.

거너릴 두 분 다 안녕히.

콘 월 에드먼드, 잘 가오. (거너릴, 에드먼드, 오즈왈드 퇴장) 모반자, 글로스터를 체포해 오너라. 강도 같이 두 손을 결박해 가지고 이리 끌고 오너라! (시종들 퇴장) 재판의 관례도 거치지 않고 사형을 선포하는 것은 옳지 않은 일이지만, 홧김에 권력을 휘두른 것이 되면 누구도 방해할 수는 없지. 비난하는 놈은 있을 지라도.

　　하인들이 글로스터를 끌고 들어온다.

콘 월 누구냐? 반역자냐?

리 건 배은망덕한 너구리! 바로 그놈이군.

콘 월 그 말라빠진 두 팔을 꽉 묶어라.

글로스터 왜 이러십니까? 잘 생각해 보시오. 두 분은 저희 집의 손님이 아니십니까? 부당한 처사는 하지 마십시오.

콘 월 여, 빨리 묶지 못하느냐! (하인들, 글로스터를 결박한다)

리 건 꽁꽁 묶어라. 오, 더러운 반역자!

글로스터 잔인한 부인, 나는 반역자가 아니오.

콘 월 이 의자에다 묶어라. 이 악당아, 본때를 보여주겠다. (리건은 의자에 묶인 글로스터의 수염을 잡아뽑는다)

글로스터 인자하신 신들께 두고 맹세하지만, 수염을 잡아뽑다니, 너무나 무도하오.

리 건 그래, 이렇게 흰 수염을 하고서도 모반을 해?

글로스터 간악한 부인, 당신이 이 턱에서 뽑은 수염은 다시 살아나서 당신을 저주할 거요. 나는 이 집 주인이 아닙니까? 주인의 얼굴에다 날도둑같이 굴며 폭행을 하는 것은 너무 심하잖소! 왜 이러시오?

콘 월 여, 근자에 프랑스로부터 무슨 편지를 받았느냐?

리 건 솔직히 대답해! 증거를 잡고 있으니까.

콘 월 그리고 최근 이 나라에 상륙한 모반자들과 무슨 음모가 있었느냐?

리 건 미친 왕을 누구 손에 넘겨줬는지 말해라.

글로스터 추측에 근거하여 쓰여진 편지를 받긴 받았습니다만, 그것은 어느 쪽에도 속하지 않는 제삼자로부터 온 것이고 결코 적에게서 온 것은 아니오.

콘 월 간사한 것 같으니!

리 건 거짓말쟁이!

콘 월 임금님을 어디로 보냈어?

글로스터 도버로 보냈소.

리 건 왜 보냈어? 단단히 엄명해 두잖았어. 만약에 그런 짓을 하면…….

콘 월 왜 도버로 보냈어? 그걸 대답해 봐.

글로스터 곰같이 말뚝에 결박당해 있으니 개떼의 습격을 받고야 말겠구나.

리 건 왜 도버로 보냈어?

글로스터 왜랴뇨? 당신의 잔인한 손톱이 불쌍한 노왕의 눈을 뽑는 꼴이며 흉포한 당신의 언니가 산돼지 같은 어금니로 이 신의 성유(聖油)를 바른 육체를 쓰러뜨리는 것을 차마 볼 수 없어서지요. 모진 폭풍우에다, 맨머리로 지옥 같은 밤의 어둠 속에서 고생하셨는데, 그런 폭풍우에는 바다라도 하늘로 솟구쳐 올라가서 별의 광채를 꺼버렸을 것이지만 가엾게도 왕은 오히려 비오기를 바라셨소. 그런 무서운 밤에, 설사 늑대가 문전에 와서 짖더라도 "문지기, 문좀 열어 주시오"했을 그런 밤입니다. 맹수들도 연민을 아는 것을. 하나, 두고 봐, 이런 딸들에게는 반드시 천벌이 내릴 것이니.

콘 월 두고 보라고? 당치 않은 소리! (하인들에게) 얘, 그 의자를 꽉 붙들고 있어. (글로스터에게) 너의 이 눈을 나의 발로 짓밟아 주겠다. (글로스터의 한쪽 눈을 뽑아서 땅에 내던지더니 그것을 짓밟는다)

글로스터 오래 살고 싶은 사람은 제발 나를 좀 도와주시오. 아무도 없소? 아, 너무하다! 아, 신들이여!

리 건 남은 한쪽 눈이 다른 쪽 눈을 보고 웃지 않을 수 없을 거예요. 그러니 그쪽 눈도 마저 빼버려요!

콘 월 천벌이 내리나 보겠다지만……?

하인1 나리, 그러지 마십시오! 저는 소시때부터 나리를 모셔 왔습니다만, 지금 이 일을 말리지 않는다면 하인으로서 면목이 없겠습니다.

리 건 무엇이 어째, 이 개 같은 것이?

하인1 당신 턱에도 수염만 있다면, 수염을 잡아뜯어 주겠는데!

리 건 뭐라구?

콘 월 이 종놈이? (칼을 빼든다)

하인1 (칼을 빼든다) 그럼 해봅시다, 상대해 드리죠. 드디어 화가 머리끝까지 치민 사람과 맞붙게 됐군.

리 건 (다른 하인에게) 칼을 이리 줘. 이 쌍놈이 감히 대들어! (다른 하인이 준 칼을 받아들고 뒤에서 하인을 찌른다)

하인1 아이구, 치명상이다. (글로스터에게) 백작님, 남은 눈 하나로 잘 아실 겁니다. 내가 상대방에게 입힌 상처를. 아이구! (죽는다)

콘 월 이제 아무것도 보지 못하도록 미리 막아버려야지. 에잇, 더러운 풀떡 같은 것! 바서져라! 이제 광채는 어디 갔지? (글로스터의 눈을 마저 뽑아서 밟아 버린다)

글로스터 온통 캄캄하고 의지할 것 없구나! 내 아들 에드먼드는 어디 있느냐? 에드먼드야, 너의 효성의 불길을 죄다 일으켜서 이 무서운 것에 복수해 다오.

리 건 이 못난 반역자야! 너를 미워하는 아들을 불러봐도 아무 소용 없어. 너의 모반을 밀고해 준 사람이 그 사람이다. 그 사람은 너무도 선량해서 너 같은 인간은 동정하지 않는다.

글로스터 아, 내가 어리석었구나! 그러면 에드거는 모함을 당했구나. 자비로우신 신들이여, 저의 죄를 용서하시고, 그 애에게 행복을 내려주십시오.

리 건 이놈을 성문 밖으로 밀어내라, 냄새나 맡으며 도버까지 가라고. (하인들이 글로스터를 끌고 퇴장, 콘월에게) 왜 그러세요? 안색이?

콘 월 상처를 입었소. 나를 따라오오. (하인에게) 저 눈 없는 악한을 쫓아내버려라. 그리고 이 노예놈은 쓰레기통에다 던져버려라. 리건, 나는 출혈이 심하오. 때아닌 부상을 당했어. 나를 좀 부축해 줘요.

(리건의 부축을 받아 콘월 퇴장)

하인2 내 무슨 나쁜 짓이라도 서슴지 않고 하겠다. 저런 것들이 행복하게 산다면.

하인3 저런 여자가 오래 살아서 남과 같이 왕생한다면, 여자들은 모두 다 괴물이 되어버릴 거야.

하인2 저 노백작님의 뒤를 따라가서, 베들렘의 거지에게 어디라도 그분의 손을 끌고다녀 달라고 부탁하자구. 미치광이 거지는 떠돌아다니는 것이 본업이니까, 어디라도 가줄 수 있을 거야.

하인3 그게 좋겠어. 나는 베〔麻布〕와 달걀 흰자위를 가져다가 저 피투성이 얼굴에 발라 드려야지. 하나님, 저분을 살려주옵소서!

퇴장

제 4 막

제3장

제 1 장

황야
에드거 등장

에드거 허나, 이렇게 경멸당하고 있다는 사실을 자신이 알고 있는 편이 낫다. 입으로만 아첨을 받고 속으로는 항상 조소당하는 것보다는 곤궁에 빠지고 운명에 버림받아 가장 천한 역경에 처하는 것이, 항상 희망이 있고 두려울 것이 없지. 슬퍼할 것은 최선의 처지로부터 몰락하는 경우다. 역경의 밑바닥까지 떨어지면 다시 웃음이 돌아오는 법이다. 바람아, 불어라. 너는 보이지도 않는데 내 몸에는 느껴지는구나. 너로 말미암아 최악의 처지로 내동댕이쳐진 불쌍한 몸이지만, 네가 아무리 불어 와도 이젠 무섭지 않다.

글로스터, 한 노인에게 손을 이끌려 등장

에드거 누가 오나 보다. 아버지시다, 남루한 사람에게 이끌려서! 아아, 세상, 이 세상아! 뜻하지 않은 너의 변덕 때문에 이 세상이 싫어지기에 사람들은 빨리 늙어서 죽고 싶은 거지.
노 인 아, 백작님, 저는 선대부터 팔십 년 동안이나 하인 노릇을 해온 사람입니다.
글로스터 비켜라! 부탁이다, 물러가거라! 네가 도와준다 해도 내게는 소용이 없어. 오히려 너마저 화를 입는다.
노 인 그렇지만 앞을 못 보시잖아요.
글로스터 나는 갈길이 없으니까 눈은 필요없다. 눈으로 볼 때에는 오히려 넘어졌다. 흔히 있는 일인데, 남고 처지면 사람은 오히려 방심하는 법이거든. 없는 것이 차라리 이롭다. 아, 내 아들 에드거! 속아 넘어간 아비의 노기에 희생되었구나! 내 생전에 너를 한 번 만져 볼 수만 있다면, 나는 시력을 되찾은 거라고 말하겠다.
노 인 여, 누구냐? 거기 있는 사람은?
에드거 (방백) 아, 신이여! '지금이 제일 비참하다'고 누가 말할 수 있어? 나는 전보다 더욱 비참해졌구나.
노 인 미친 거지 톰이구나.
에드거 (방백) 앞으로 더욱 비참해질지도 몰라. '지금이 제일 비참하다'고 할 수 있는 동안은 아직 제일 비참한 게 아니다.

노 인 이놈아, 어디를 가?

글로스터 거진가?

노 인 미친 놈이고 거지입니다.

글로스터 거지 노릇을 할 수 있다면 완전히 미치진 않았겠군. 어제 밤 폭풍우 속에서 그런 놈을 봤어. 그걸 보고 사람도 벌레 같다는 생각이 나더군. 그때 언뜻 자식 생각이 떠올랐는데, 그때는 아직 나는 마음 속의 노염이 풀리지 않았었어. 허나 그 후 여러 가지 소문을 들었지. 장난꾸러기들이 파리를 다루듯이 신들은 인간을 다루거든. 신들은 장난삼아 우리 인간들을 죽이거든.

에드거 (방백) 대체 어찌해서 이리 됐을까? 슬픔에 빠져 있는 사람을 상대로 광대 노릇을 해야 하는 건 가슴 아픈 일, 그건 서로 화나는 일이야! (큰 소리로) 안녕하십니까, 영감!

글로스터 저놈이 벌거벗었나?

노 인 그렇습니다.

글로스터 그럼 자네는 돌아가게. 그리고 나를 위해서 1, 2마일정도 따라올 생각이더라도 그냥 돌아가 주게. 그리고 지난 날의 친절을 생각하여 저 벌거숭이에게 입힐 옷을 좀 갖다 주게. 나는 저놈에게 안내를 부탁하겠으니.

노 인 허지만 저놈은 미친 놈인데요.

글로스터 미친 놈이 장님의 길잡이가 되는 것도 시대의 역명(逆命)탓이지. 내가 하라는 대로 해. 그게 싫으면 마음대로 해. 어서 돌아가 줘.

노 인 저의 제일 좋은 옷을 가지고 오겠습니다, 제게 어떤 재앙이 떨어져도.

　　노인 퇴장

글로스터 여, 벌거숭이!

에드거 불쌍한 톰은 추워요. (방백) 이젠 더 숨길 수가 없구나.

글로스터 얘, 이리 오너라.

에드거 (방백) 그래도 숨겨야 돼. (글로스터에게) 아, 큰일나셨어요, 눈에서 피가 나요!

글로스터 도버로 가는 길을 아느냐?

에드거 다 알지요, 담장이나 층계나 큰 문이나 마도(馬道)나 인도(人道)나. 톰은 악마에게 놀라서 실성해 있어요. 양반집 자제님, 당신은 악마에게 홀리지 않게 조심하시오. 가엾은 톰에게는 악마가 한꺼번에 다섯 마리나 달라붙었어요. 오비디커트는 음란의 악마, 홉비디덴스는 벙어리의 악마, 마후는 도둑의 악마, 모우도는 살인의 악마고 플리버티 지베트는 입을 실룩샐룩하는 악마로, 이 맨 끝의 놈은 요새는 나인(內人)이나 시녀들에게 달라붙어 있지요. 그럼 영감님, 조심하세요.

글로스터 애, 이 돈주머니를 받아라. 너는 천재(天災)를 달갑게 받고, 모든 불운을 참고 있구나. 내가 불행해지고 보니 그만큼 너를 행복하게 해주고 싶어졌다. 하늘이시여, 언제나 그렇게 처리해 주십시오! 남고 처질 만큼 가지고 있고, 포식을 하고 그리고 신의 뜻을 자기의 노예인 양 생각하고, 자기가 느끼지 않는다 하여 남의 가난을 돌보지 않는 자에게는 당장에 당신의 위력을 보여주십시오. 그리하면 분배는 과잉이 없게 되고 모두가 족하게 될 것이니까요. (에드거에게) 도버를 아느냐?

에드거 예, 압니다.

글로스터 그곳에는 절벽이 있는데, 높이 솟아 바다 쪽으로 돌출해 있는 그 꼭대기는 절벽으로 가로막혀진 바다를 눈 아래 무섭게 내려다보고 있다. 그 절벽 앞턱까지만 데려다 다오. 그러면 내 몸에 지니

고 있는 값 나가는 물건으로 네가 참고 있는 가난
에서 구제해 주겠다. 그 후론 안내해 주지 않아도
좋다.

에드거 그럼 그 손을 이리 주십시오. 이 불쌍한 톰이
안내해 드리겠습니다. (글로스터, 에드거 퇴장)

제 2 장

올버니 공작의 저택 앞
거너릴, 에드먼드 등장

거너릴 백작님, 어서 오세요. 근데 웬일일까, 우유부단한 우리 집 그이가 도중까지 마중도 안 나오시고?

오즈왈드 등장

거너릴 네 주인 나리는 어디 계시냐?
오즈왈드 안에 계십니다만 딴 사람같이 변해 버렸습니다. 적군이 상륙했다고 말씀드리니까 빙그레 웃으시기만 하고, 부인이 돌아오셨다고 여쭈어도, 대답은 "아아, 귀찮아"하시고, 글로스터 백작의 모반과 그 아드님의 충성을 말씀드렸더니 "네놈은 바보야"하시며, 오히려 "이야기가 정반대야"하시곤 꾸중을 하셨습니다. 가장 싫어해야 할 것이 오히려 맘에 들고, 가장 맘에 들어야 할 것이 오히려 울화증을 나게 하는 것 같습니다.
거너릴 (에드먼드에게) 그럼 당신은 돌아가 주세요. 그 양반은 겁쟁이가 되어 놔서 무슨 일을 대담하게 해

내려고 하질 않아요. 보복을 해야 할 모욕을 받아도 모르는 체하는 사람인걸요. 오는 도중에 얘기한 일은 우리 희망대로 실현될 거예요. 에드먼드 님, 콘월 공자께로 돌아가세요. 급히 군대를 소집케 해서 그 군대를 지휘하세요. 내가 대신 집에서 칼을 차고 남편 손에는 실감개 대를 쥐어 주겠어요. 이 심복의 하인으로 하여금 우리들 사이의 연락을 맡게 하겠어요. 당신만 대담하게 용기를 내시면, 머잖아 한 부인으로부터 명령을 듣게 되실 겁니다. (사랑의 기념품을 주면서) 이것을 지니세요. 아무 말 마세요. 고개 좀 수그리세요. 이 키스가 말을 한다면 당신은 하늘로 날아갈 듯한 기분이 되실 거예요. 아시겠지요? 그럼 안녕.

에드먼드 당신을 위해서라면 죽음도 불사하겠습니다.

(에드먼드 퇴장)

거너릴 나의 사랑하는 글로스터! 원, 같은 남자라도 이렇게 다를까! 여자의 진심은 당신에게 바쳐진 거예요. 우리 집 바보는 내 몸을 새치기하고 있는 거예요.

오즈왈드 아씨, 나리께서 오십니다. (오즈왈드 퇴장)

올버니 등장

거너릴 전에는 제게 휘파람쯤은 불어 주셨지요.

올버니 오, 거너릴, 당신은 거친 바람이 당신 얼굴에 불어 붙이는 먼지만도 못한 사람이오! 내가 걱정이 되는 건 당신의 그 성질이오. 자기를 낳아 준 부모조차 업신여기는 근성은 자기 본분을 지키고 있다고는 할 수 없소. 자기를 길러 준 어미 나무에서 그 가지인 제 몸을 찢어내는 여자는 반드시 시들어서, 마침내는 땔감밖에 못되게 마련이오.

거너릴 듣기 싫어요! 그런 설교는 바보스러워요.

올버니 악한 자에게는 성인 군자의 가르침도 악하게만 들리게 마련이오. 더러운 것들은 더러운 것만 마음에 들지. 당신이 한 짓은 뭐요? 그것은 사람의 딸이 한 짓이 아니라 호랑이가 한 짓이지! 아버지를, 더구나 인정 많은 노인을 당신은 미치게 했소. 쇠사슬로 목을 잡아매여 끌려다니는 곰조차도 그 어른의 손을 핥을 것을. 그렇게도 잔인하고 그렇게도 창피한 짓이 어디 있단 말이오? 콘월 공작도 그것을 가만히 보고만 있지는 않을 거요. 그 사람은 노왕에게 큰 은혜를 입었고, 그 덕택으로 왕족이 된 사람이니까! 만일 하늘이 눈에 보이는 신령으로 하여금 이런 흉악 무도한 자들을 당장에 응징하지 않으신다면, 반드시 인간들은 대양의 괴물들같이 서로 잡아먹고 말렷다.

거너릴 비겁한 사람! 뺨은 얻어 맞기 위해서 갖고 있고, 머리는 얻어터지기 위해서 달고 있는 사람. 이마에 눈이 달려 있으면서 창피와 명예를 분간 못하는 사람. 악인이 아직 죄를 범하기도 전에 처벌되는 것을 측은해 하는 건 바보나 하는 짓이라는 것도 모르는 사람. 고수(鼓手)는 어디 있어요? 프랑스 왕이 조용한 이 나라에 군기를 휘날리고 투구에 꽂은 깃털도 자랑스럽게 당신의 나라를 위협하기 시작하고 있는데, 당신은 설교나 하기 좋아하는 바보같이 가만히 앉아서 "아아, 왜 이러는 거야"하고 소리나 지르겠단 말이세요?

올버니 악마 같으니, 반성 좀 해봐요! 마귀에게 특유한 추악함도 이 여자 안에 나타난 마귀보다는 무섭지 않지.

거너릴 정말 어리석은 바보 같으니!

올버니 여자로 둔갑하여 본성을 감추고 있는 악마 같으니! 창피를 안다면 당신의 모습을 악마의 모습으로 놔두지 마라! 만일 홧김에 이 팔을 휘두르는 날에는 당신의 살과 뼈는 박살이 날 줄 알아. 당신은 악마지만 여자 형태를 하고 있으니까 살려 둔다.

거너릴 어머! 그 용기 대단하시군! 흥!

리건의 사자 등장

올버니 무슨일이냐?

사 자 오 공작님, 콘월 공작이 돌아가셨습니다. 글로스터 님의 한쪽밖에 없는 눈을 빼려다가 하인에게 찔려서.

올버니 글로스터의 눈을!

사 자 어릴 때부터 부리고 있었던 하인이 동정에 못이겨 가로막으며, 공작에게 칼을 빼들었습니다. 그러자 공작은 노하여 달려들고, 내외는 하인을 찔러 죽였습니다만 그때 공작 자신께서도 치명상을 입었기 때문에 곧 세상을 하직하고 마셨습니다.

올버니 이거야말로 좋은 증거다, 하늘에 우리들을 심판하는 신들이 계신다는. 이렇게 속히 하계의 죄악을 응징하시는구나! 허나 아, 가엾은 글로스터! 그래 다른 쪽 눈도 마저 잃으셨단 말이냐?

사 자 두 눈, 두 눈 다 잃으셨습니다. (거너릴에게) 이 편지는 답장이 시급하답니다. 아씨 아우님의 편지입니다.

거너릴 (방백) 한편으로 생각하면 잘됐군. 허나, 동생이 과부가 됐으니 동생이 나의 에드먼드를 자기 곁에 두고 있어서는 나의 상상 속의 누각은 무참하게 무너지고, 나에게 남는 것은 가증할 인생이 아닐까. 그래도 생각에 따라서는 그리 고통스런 소식은 아니야. (사자에게) 곧 읽어 보고 답장을 쓰겠다.

거너릴 퇴장

올버니 글로스터가 눈을 뽑힐 때 그의 아들은 어디 있었느냐?

사 자 아씨를 모시고 이 댁으로 떠나셨습니다.

올버니 이곳엔 안 왔는데.

사 자 곧 돌아가셨습죠. 이리로 올 때 도중에서 만났습니다.

올버니 그분은 이 잔인한 소행을 알고 있느냐?

사 자 알다뿐이겠습니까? 자기 부친을 밀고한 건 그분이었습니다. 처벌이 아무 곤란없이 행해질 수 있도록 일부러 그곳을 피하셨는데요.

올버니 글로스터여, 내가 살아 있는 한은 국왕에게 바친 당신의 충성을 감사히 생각하고, 당신 눈의 원수를 갚아 드리겠소. (사자에게) 이쪽으로 오너라. 또 아는 것이 있으면 말해 봐라. (두 사람 퇴장)

제 3 장

도버 근처의 프랑스 군 진영
켄트와 기사 한 사람 등장

켄 트 프랑스 왕이 왜 그렇게 갑자기 귀국하셨는지 그 이유를 아시오?

기 사 본국에 두고 온 미결 문제가 있는데, 출진후 갑자기 생각이 나서, 그냥 두면 국가의 큰 사건으로 변할 우려도 있으니만큼 부득이 귀국하셨습니다.

켄 트 누구를 총사령관으로 남겨 놓으셨소?

기 사 프랑스국 원수, 라팔 각하를 남겨 놓았습니다.

켄 트 왕비께서는 그 편지를 보시고 슬픈 얼굴이시던가요?

기 사 예, 그렇습니다. 왕비께서는 편지를 받아들고 그 자리에서 읽어 보셨는데, 이따금 굵은 눈물방울이 아름다운 뺨으로 줄줄 흘러내렸습니다. 보기에도 왕비께서는 깊은 슬픔을 억제하려고 하셨지만 그 악랄한 슬픔이 반역자같이 왕비님의 명령을 듣지 않는 것 같았습니다.

켄 트 그럼 그 편지에 감동되셨군요.
기 사 그러나 격렬할 정도는 아니었습니다. 자제심과 슬픔이 서로 누가 왕비를 가장 아름답게 하는가 보자고 다투고 있습니다. 햇볕이 나면서 비가 오는 일이 있지요. 흡사 그러했습니다, 왕비께서 미소를 지으며 눈물을 흘리시는 모습은. 그러면서도 더욱 매력적이었습니다. 그 아름다운 입술의 행복스런 미소는, 눈에 어떤 손님이 와 있는지도 모르는 것 같았고, 그리고 그 손님이 두 눈에서 떠나는 모습은 진주가 다이아몬드에서 떨어져 나가는 것만 같았습니다. 정말 슬픔처럼 아름답고 희귀한 것은 없다고나 할까요. 누구에게나, 그렇게 잘 어울릴 수만 있는 거라면 말입니다.
켄 트 무슨 말씀은 없었소?
기 사 네, 한두 번, "아버님"하고 가슴에서 나오는 듯이 숨가쁘게 부르셨습니다. 그리고 우시면서 "언니들, 언니들! 여자의 수치예요! 언니들! 켄트! 아버지! 언니들! 아아, 폭풍우 속을? 밤중에? 이 세상에 자비는 없단 말인가!"하시고는 그 별 같은 눈에서 맑은 눈물을 떨어내 버리고, 눈물로 울음을 누르고 나서, 혼자 가서 슬픔을 달래려고 자리를 일어나셨습니다.

켄 트 인간의 성질을 지배하는 것은 별들이야, 천상의 별들이야, 그렇지 않고서야 한부부 사이에서 이렇게 성질이 다른 자식들이 생겨날 리가 없어. 그 후 만나뵌 일은?

기 사 없습니다.

켄 트 왕비가 편지를 읽은 건 프랑스 왕이 귀국하시기 전이었소?

기 사 아니오, 귀국 후였습니다.

켄 트 실은 불쌍하고 비참한 리어 왕은 지금 이 시(市)에 계십니다. 이따금 정신이 드실때는 우리들이 왜 이 시에 와 있는지를 기억하시지만, 따님과의 대면은 한사코 승낙하시지 않습니다.

기 사 왜 그러실까요?

켄 트 더할 나위 없는 치욕에 압도당하신 겁니다. 자신의 무자비로 부친으로서의 축복도 주지 않고 이국으로 추방하여 위험을 당하게 했을 뿐 아니라, 따님의 중대한 권리를 개같이 잔인한 다른 딸들에게 내줘 버렸으니……! 이런 일 저런 일로 깊이 가책을 받으시고, 그 때문에 이를 데 없는 수치심을 느껴 코델리아 님과의 대면을 굳이 피하시는 겁니다.

기 사 아아, 불쌍한 어른!

켄 트 올버니와 콘월의 군대에 관해서는 얘기 못 들었소?

기 사 벌써 출진했다고 합니다.

켄 트 그럼 주인 리어 왕에게 안내하겠으니 시중을 들어 주시오. 나는 깊은 사연이 있어서 당분간 신분을 감추고 있어야 하지만, 머잖아 신분을 밝히는 날에는 이렇게 나와 알게 된 것이 후회되지는 않을 것이오. 그럼 자, 같이 갑시다.

   두 사람 퇴장

제 4 장

프랑스 군의 진영
고수와 기수를 선두로 코델리아 등장, 시의와 병정들 뒤따라 등장

코델리아 아아, 그분은 아버님이에요. 지금 막 만났다는 사람의 얘기론, 파도 심한 바다같이 광란하여 큰 소리로 노래하고, 머리에는 무성한 서양 현호색(玄胡索)이며, 밭이랑에서 자라는 잡초·들우엉·독흥당근·쐐기풀·들미나리아제비·들완두, 그리고 식료가 되는 곡식들 사이에 무성한 쓸데없는 잡초들을 모아서 관을 만들어 쓰셨대요. 곧 일중대의 군사들을 풀어 우거진 들을 샅샅이 뒤져 이눈 앞에 모셔 오게 하시오. (장교 퇴장) 의술의 힘으로 아버님의 실성을 고칠 수는 없을까요? 아버님을 치료해 주는 사람에게는 이몸이 지니고 있는 패물을 모조리 드리겠어요.

시 의 치료 방법이 있습니다. 사람의 생명을 양육하는 것은 휴양입니다만 전하에게는 그게 부족합니다. 수면을 가져오게 하는 약초는 여러 가지 있으니,

그 힘만 빌면 고민하는 마음에도 편안한 수면이 찾아올 수 있습니다.

코델리아 이 세상의 고마운 온갖 비약(秘藥), 아직 세상에 알려지지 않은 모든 특효 약초가 내 눈물로 자라나서, 그 훌륭한 분의 고민을 치유하는 데 도움이 되어 주기를! 제발 빨리 찾아와요. 실성하시어 분별이 없으시니 스스로 목숨을 버리실지도 모르니까요.

사자 등장

사 자 아룁니다! 잉글랜드군이 이리로 진격해 오고 있습니다.

코델리아 알고 있소. 요격할 태세는 다 돼 있소. 아, 그리운 아버님! 이번 출진은 아버님을 위한 것입니다. 그래서 프랑스 왕은 울며 애원하는 저를 동정해 주셨어요. 엉뚱한 야심에 차서 거사를 한 것은 아닙니다. 단지 자식으로서의 진심으로 연로해지신 아버님의 권리를 되찾아 드리자는 것뿐입니다. 조금이라도 빨리 목소리를 듣고, 뵙고 싶어요.

모두 퇴장

제 5 장

글로스터의 성
리건과 오즈왈드 등장

리 건 그런데 형부네 군대는 출진했어요?

오즈왈드 예, 출진했습니다.

리 건 그분 자신도 친히?

오즈왈드 예, 권에 못 이겨서 겨우 출진하셨습니다. 언니 되시는 분이 오히려 더 훌륭한 군인이시던데요.

리 건 에드먼드 님과 형부와의 사이에는 무슨 담화가 없었어요?

오즈왈드 예, 없었습니다.

리 건 언니가 에드먼드에게 보내는 편지의 내용은 뭘까?

오즈왈드 글쎄요, 모르겠습니다.

리 건 실은 그분은 중대한 일로 갑자기 떠나셨어요. 글로스터의 눈만 빼냈을 뿐, 목숨을 살려둔 것은 큰 실수였지. 그는 가는 곳마다 사람들의 마음을 자극하여 우리를 적으로 만들고 있어요. 에드먼드 님이 떠난 것은 부친의 비참한 꼴을 보다못해 암야와 다름없는 목숨을 처지해 버릴 겸, 적군의 실력도 정찰하기 위해서일 거야.

오즈왈드 저는 이 편지를 들고 그분을 뒤쫓아가 봐야겠습니다.

리 건 우리 군대도 내일 출진하기로 되어 있어요. 하루쯤 묵었다 가도록 해요. 도중에 위험하니까.

오즈왈드 그렇게는 안 됩니다. 이 일에 있어서는 부인의 엄명이 계셨으니까요.

리 건 왜 에드먼드 님에게 편지를 쓴 걸까? 용건을 당신에게 구두로 부탁해도 되지 않아요? 혹시, 저, 잘은 알 수 없지만, 당신의 호의는 후하게 갚겠으니……. 그 편지를 좀 뜯어 보게 해주지 않겠어요?

오즈왈드 그것은 좀…….

리 건 다 알고 있어요. 당신의 주인 아씨는 남편을 사랑하지 않아요. 확실히 그래요. 그리고 요전번 여기 왔을 때도 에드먼드 님에게 이상야릇한 눈짓이며 의미 심장한 표정을 해보였어요. 누가 모를 줄 알아요. 당신은 우리 언니의 심복이지.

오즈왈드 제가요!

리 건 다 알고 말하는 거예요. 당신은 우리 언니의 심복이야. 다 알아요. 그러니까 내가 하는 말을 명심해 둬요. 우리 주인은 죽었어요. 그리고 에드먼드 님과 나와는 약속이 다 되어 있어요. 그분은 당신 주인 아씨하고 결혼하는 것보다는 나하고 결혼하는 것이 편리하게 되어 있어요. 이만큼 말하면 다 알겠지? 그분을 만나면 그 점을 얘기해 드려요. 그리고 당신 주인 아씨가 당신으로부터 그런 사정 얘기를 듣게 될 때에는, 분별을 차리도록 당부해 줘요. 그럼 잘 가요. 만일 그 눈먼 모반자의 거처라도 알아내서 목을 베어오는 사람은 출세는 따놓은 것이지.

오즈왈드 제가 그 사람을 만나게 되면 좋겠습니다! 그러면 제가 어느 편인가를 보여드릴 수 있을 것이니까요.

리 건 잘 가요.

  두 사람 퇴장

제 6 장

도버 근처의 시골
글로스터의 손을 끌고 농부 차림의 에드거 등장

글로스터 언제쯤이나 그 언덕 꼭대기에 닿을까?

에드거 지금 그 언덕에 올라가고 있어요. 자, 이렇게 힘이 들잖습니까.

글로스터 평지 같은데 그래.

에드거 무서운 비탈길인데요. 봐요, 파도 소리가 들리지 않습니까?

글로스터 아냐, 아무 소리두 안 들리는데.

에드거 그럼, 눈의 아픔 때문에 다른 감각까지도 둔해졌나 보죠.

글로스터 하긴 그런지도 모르지. 그런데 네 음성이 달라지고, 하는 말투도 이전보다 좋아진 것만 같구나.

에드거 그건 잘못 아신 겁니다. 달라진 거라곤 입고 있는 옷뿐입니다.

글로스터 말씨가 좋아진 것 같은데.

에드거 자, 여깁니다. 가만히 서 계십시오. 이렇게 낮은 곳을 내려다보니 무서워서 눈이 어찔어찔합니다! 중간쯤을 날고 있는 까마귀나 갈가마귀가 딱정벌레만큼밖에 안돼 보입니다. 절벽 중턱에 매달려서 갯미나리를 따고 있는 사람이 있네. 참 위험한 직업도 다 있군! 몸뚱이가 머리 크기만큼밖에 안돼 보이는데요. 모래밭을 걷고 있는 여우가 모두 새앙쥐같이 작아 보여요. 저기 닻을 내리고 있는 큰 배는 새끼 배만하게 보이고, 또 새끼 배는 부표(浮標) 같아서 눈에 들어오지도 않습니다. 밀려오는 파도는 모래밭에 널려 있는 조약돌에 부딪치고 있지만, 여기까지는 그 파도 소리가 들려 오지도 않아요. 이제 보는 것은 그만둬야지. 머리가 빙빙 돌고, 눈이 아찔해서 거꾸로 곤두박질할 것만 같은데요.

글로스터 네가 서 있는 곳에 나를 세워 다오.

에드거 손을 주십시오. 자, 이제 한 발짝이면 낭떠러지입니다. 달님 아래 있는 천하를 다준다 해도 여기서는 못 뛰어내리겠는데요.

글로스터 손을 놔라. 자, 돈 주머니를 또 하나 주겠다. 이 속에는 가난뱅이가 가지기에는 지나칠 정도의 보석이 있다. 요정이나 신의 혜택으로 이것이 네게 복이 되기를 빈다! 멀찍이 저리로 가라. 나에게 인사하고 물러가는 네 발소리를 들려 다오.

에드거 그러면 영감님, 안녕히 계십쇼.

글로스터 고맙다.

에드거 (방백) 절망을 이렇게 우롱하는 것은 그걸 고쳐 주자는 것이지.

글로스터 (무릎을 꿇고) 아, 하늘의 신들이여! 저는 사바를 하직하고 당신들이 보시는 앞에서 이몸에 내려진 크나큰 고민을 조용히 털어내버리겠습니다. 제가 고민을 더 참으며 거역하지 못할 당신들의 큰 뜻에 대하여 원망하지 않는다 하더라도, 타다 남은 양초 심지나 마찬가지로 지긋지긋한 이 잔명(殘命)은 머지않아 타 없어지게 마련입니다. 에드거가 아직 살아 있다면, 아, 그놈이 행복하게 되기를! 그럼 애야, 잘 있거라.

에드거 이렇게 떨어져 있습니다. 안녕히 계십쇼! (글로스터, 앞으로 몸을 던지고 기절한다) 사람이 목숨을 끊고 싶다고 생각할 때는 착각으로 보배 같은 생명을 실제로 잃는 일이 없지 않지. 생각하던 곳에 실제로 와 있었다면 아버님에게선 지금쯤 생각하는 기능이 사라져버리고 말았을 거야. (큰 소리로) 살아 계시나, 돌아가셨나? 여보세요, 노인! 여보세요!

안 들립니까? 말 좀 해보세요. (방백) 정말 이대로 돌아가버리실는지 모르겠구나. 아니, 살아 계신다. (큰 소리로) 당신은 누구시오?

글로스터 저리 가, 나를 죽게 내버려둬.

에드거 대체 당신은 거미줄이요, 새털이요, 공기요? 그렇게 여러 길 낭떠러지에서 떨어졌으면 달걀같이 박살이 났을 것 아니오? 그런데 당신은 숨을 쉬며 몸이 온전하고 피도 안 나며 말도 하고 멀쩡하구료. 돛대 열 개를 이어도 당신이 거꾸로 떨어진 높이만큼은 안되오. 생명을 건진 것은 기적이오. 한 번 더 말을 해보시오.

글로스터 대체 난 떨어진 거냐, 떨어지지 않은 거냐?

에드거 이 흰 벽 같은 절벽의 꼭대기에서 떨어졌어요. 위를 쳐다보세요. 날카로운 소리로 노래하고 있는 종달새는 너무 멀어 보이지도 들리지도 않습니다. 자, 좀 쳐다보세요.

글로스터 아아, 보고 싶어도 나에게는 눈이 없어. 불행한 놈은 죽음으로써 불행을 면할 은전조차도 박탈당해 있는 것일까? 자살함으로써 폭군의 분노를 골탕먹여 주고, 그 오만한 의도를 꺾을 수 있던 때는 그래도 다소는 위안이 있었는데.

에드거 부축해 드리죠. 자, 일어서시오. 됐어요. 어때요? 다리가 말을 잘 듣는가요? 설 수 있군요.

글로스터 설 수 있어, 너무나도 잘.

에드거 참 기적이군. 이 절벽 꼭대기에서 당신과 헤어진 자는 누구였습니까?

글로스터 비참한 거지였어.

에드거 여기 서서 쳐다보니 그놈의 눈은 두 개의 보름달같고 코는 천 개나 되며, 뿔은 꼬이고 파도치는 바다같이 꼬불꼬불한 것 같던데요. 그건 악마였어요. 그러니 당신은 운이 좋은 아저씹니다. 뭣에나 공정하신 신들은 인간이 할 수 없는 일들을 해내심으로써 존경을 받으시는데, 그 신들이 아저씨를 구해 주신 겁니다.

글로스터 그러고 보니 생각나는 게 있다. 이제부터는 고민이란 놈이, "충분하다, 충분하다!"하고 소리치고 뻗어버릴 때까지 꾹 참아야지. 네가 말한 악마를 난 사람인 줄만 알았구나. 하긴 그놈은 여러 번 "악마, 악마"하더라, ……아무튼 그놈이 나를 저곳까지 데려다줬다.

에드거 심로하지 마시고, 진정하십시오.

야생초 꽃으로 관을 만들어 쓴 리어 왕 등장

에드거 아, 누가 오는구나. 정신이 성하다면 저런 꼴은 안할 거야.

리어 왕 내가 돈을 위조해도 나를 체포하진 못한다.

에드거 아 저 모습, 가슴이 터질 것만 같구나!

리어 왕 그 점, 자연은 인공을 초월하거든. 자, 네 입대(入隊) 전도금을 받아라. 저놈의 활 쏘는 솜씨는 허수아비 같애. 석 자짜리 활을 쏴봐! 저봐, 생쥐다! 쉬, 쉬, 이 구어진 치이즈 조각이면 미끼로는 안성마춤이다. 자, 이 장갑을 쥐라, 내 도전의 표시물이다. 상대가 거인이라도 이쪽 명분이 정당함을 증명해 보이겠다. 갈색 창을 들고 이리 나오너라. 아, 잘 날아가는구나, 새가 과녁에 맞았구나 과녁에. 훗! 암호를 말해.

에드거 꽃박하.

리어 왕 통과!

글로스터 저 음성은 귀익은 음성이다.

리어 왕 하아, 거너릴이구나, 흰 수염을 달고? 그것들은 개처럼 내게 알랑거리면서, 내 수염은 검은 털도 나기 전부터 흰 털이었다고 그랬어. 내가 하는 말에는 뭣에나 덮어 놓고 "예"하고 또는 "아닙니다"하고 맞장구를 쳤것다! 허나 그 "예"도, "아닙니다"

도 하늘의 이치에는 따르지 못했었지. 언젠가 비에 흠뻑 젖고, 바람에 이가 덜덜 떨릴때, 천둥보고 가만히 있으라고 해도 말을 안 들었어. 그때 나는 그것들의 정체를 냄새 맡아냈었지! 쳇! 그것들의 말은 믿을 수가 없어. 그것들은 나를 만능이라고 했어. 새빨간 거짓말이지! 나 역시 학질에 걸리지 않고는 못 배기잖는가.

글로스터 저 음성의 특징을 나는 잘 알고 있지. 임금님이 아니실까?

리어 왕 그렇다. 머리부터 발끝까지 어디로 보나 왕이다! 내가 노려보면, 신들이 벌벌 떠는 꼴을 보라. 저놈의 목숨은 살려 주지. 네 죄목은 뭐냐? 간통이냐? 죽이지는 않겠다. 간통을 했다고 사형을 해? 안 될 말이지! 굴뚝새도 그 짓을 한다. 그리고 조그만 금파리도 내 눈앞에서 흘레질을 하잖느냐. 밀통을 마구 시켜야 돼! 실제 글로스터의 사생아는 엄연한 적출인 내 딸들보다 효자가 아니냐? 난장판으로 음란한 짓을 해라! 병사도 부족하다. 저기 선웃음을 치고 있는 부인 좀 봐라. 그 얼굴로 봐선 가랭이 사이까지 눈같이 흴 것만 같고, 정숙한 체 시치미를 떼고 정사라는 말만 들어도 고개를 내젓지만, 음란한 짓을 하는 데에는 암내낸 고양이나 풀을 실컷 뜯어먹은 말보다도 이글이글 하잖는가. 저것들은 반인 반수(半人半獸)의 괴물이지. 허리 밑은 말이고 웃몸만 여자의 탈을 하고 있는. 단지 허리띠까지만 신의 영역(領域)이고, 그 밑은 죄다 악마의 것이지. 여기는 죄다 지옥이다, 암흑이다, 유황불이 타고 있는 나락이다. 이글이글 탄다. 화상을 입는다. 썩어 문들어져서 악취가 난다. 쳇, 쳇, 쳇! 퉤, 퉤! 여, 약장수! 사향 한 온스만 가져다줘, 속이 메스꺼우니. 자, 돈은 여기 있어.

글로스터 아, 그 손에 키스하게 해주십시오!

리어 왕 우선 손을 좀 씻어야겠어. 시체 냄새가 나니까.

글로스터 아, 조화의 걸작은 파괴되었구나! 이 세계도 이렇게 무(無)가 되고 말겠지. 저를 알아보시겠습니까?

리어 왕 나는 그 눈을 잘 기억하고 있지. 네가 나를 곁눈질하는 거냐? 오냐, 실컷 음탕한 눈짓을 해봐라, 눈 없는 큐핏아. 그래도 나는 여자에게 반하지는 않아. 이 결투장을 읽어봐. 이 글씨체를 똑똑히 봐둬.

글로스터 한 자 한 자가 태양이라도, 저에게는 한 자도 보이지 않습니다.

에드거 (방백) 전해 들었다면 도저히 믿어지지 않겠지

만, 틀림없는 사실이다. 아, 이 내 심장이 터질 것
만 같군.

리어 왕 읽어보라니까.

글로스터 아니 껍데기밖에 없는 눈으로요?

리어 왕 어허, 그렇다는 말이지? 머리엔 눈이 없고 주머니엔 돈이 없다? 참 눈은 중환(重患), 주머니는 빈털터리란 말이지? 허지만 그래도 요놈의 세상 돌아가는 꼴쯤은 볼 수 있을 테지.

글로스터 느낌으로 알아볼 수 있습니다.

리어 왕 뭐! 그럼 너는 미쳤구나? 눈이 없더라도 이 세상 돌아가는 것쯤은 볼 수 있어. 귀로 보는 거야. 봐라, 저기 재판장이 미천한 도둑을 야단치고 있잖냐? 귀로 듣는 거야. 두 사람이 자리를 바꾼다면, 어느 쪽이 재판관이고 어느 쪽이 도둑인지 너는 가려 내겠니? 그리고 말이다. 너는 농부의 개가 거지를 보고 짖는 것을 본 일이 있지?

글로스터 예, 본 일이 있습니다.

리어 왕 그런데 그 인간은 개를 보고 달아났지? 그게 권력을 가진 자의 표지인 거야. 개라도 직책이랍시고 짖으면 사람이 복종한다. 여, 되지 못한 순경, 그 잔학한 손을 가만! 왜 그 갈보를 매질하는 거야? 네 자신의 등을 치려무나. 갈보라 해서 매질하고 있지만, 네 자신이야말로 계집을 사고 싶어 흥분하고 있잖느냐? 고리대금업자가 사기꾼을 교수형에 처하는군. 누더기의 뚫어진 구멍으로는 조그만 죄악도 들여다보이지만, 대례복이나 털가죽 댄 외투면 모든 것이 다 감춰진다. 죄악에다 금으로 만든 갑옷을 입혀 봐! 법의 날카로운 창도 들어가지 않고 부러지나 누더기로 싸면 난장이의 지푸라기에도 뚫린다. 죄지은 사람은 아무도 없어, 한 사람도 없어, 없는 거야! 내가 보증할 테야. 내 얘기 좀 들어 봐. 나는 고소인의 입을 틀어막을 권리를 가지고 있는 사람이야. 그대는 유리 눈이라도 해 박지 그래. 그리고 비열한 모사꾼같이, 보이지 않는 것도 보이는 척 해 보지 그래. 자, 자, 자, 자! 누구 내 장화를 좀 벗겨 줘, 세게, 더 더! 됐어.

에드거 (방백) 이치에 맞는 말과 맞지 않는 말이 마구 뒤섞여 있군? 광기 속에도 이성이 들어 있군!

리어 왕 나의 불행에 울어 주겠다면 내 눈을 주겠다. 나는 너를 잘 안다. 네 이름은 글로스터지. 너도 참아야 한다. 우린 울면서 이 세상에 태어났다. 너도 알다시피 우리는 처음으로 이 세상의 공기를 마실 때, 으앙으앙 울었잖아? 네게 일러 주겠으니, 잘 들어둬!

글로스터 아, 슬프다!

리어 왕 우리들이 태어날 때, 우는 건 바보들만 있는 이 큰 무대에 나온 것이 슬퍼서야. 이건 모양이 좋은 모자다. 나사 모자로 한떼의 기마(騎馬)에게 신을 만들어 신겨 주는 것은 기막힌 술책이지. 나도 한번 시행해 봐야지. 그리고 이 사위놈들을 살그머니 습격할 수 있게만 되면, 사정없이 죽여, 죽여라, 죽여라!

  기사, 시종들을 데리고 등장

기 사 오, 여기 계시군! 붙들어. 폐하, 공주님께서……

리어 왕 아무도 구원해 주는 사람은 없나? 뭐, 포로가 됐어? 나는 운명의 장난감이 되도록 태어났구나. 나를 잘 대우해 줘, 석방금을 낼 테니. 외과의사를 불러다 줘. 미칠듯이 머리가 아프니까.

기 사 무엇이든지 분부대로 하겠습니다.

리어 왕 누가 구하러 안 오느냐? 나 혼자뿐이냐? 이거 울보 녀석이 되는군. 사람의 눈을 뜰의 물뿌리개 대신으로 삼자는 거군. 음, 가을날에 먼지 안 나게 말이야. 나는 화려한 옷차림을 하고 죽을 테야, 말쑥한 새 신랑같이. 뭐, 즐겁게 하자꾸나. 여, 여, 나는 국왕이다. 너희들은 아느냐?

기 사 네, 국왕이십니다. 분부대로 하겠습니다.

리어 왕 그럼 나는 아직 살아 있구나. 자, 잡을 테면 달려와서 잡아 봐라. 자, 자, 자!

　　　리어 왕 뛰어서 퇴장, 시종들도 뒤따라 퇴장

기 사 미천한 사람도 저렇게 되면 불쌍한데……. 더구나 국왕의 신분이고 보니 언어 도단! 다른 두 따님으로 해서 천륜(天倫)은 이런 것인가 하고 모든 사람에게 저주를 했겠지만 다행히 이 따님은 그 저주를 씻어 줄 것입니다.

에드거 여보십시오, 안녕하십니까?

기 사 안녕하시오. 그런데 무슨 일이오?

에드거 혹시 전쟁이 일어난다는 소문을 못 들었습니까?

기 사 그건 틀림없는 일이오. 누구나 다 알고 있소. 귀가 있는 사람이면 다 듣고 있소.

에드거 하지만 좀 가르쳐 주십시오, 저쪽 군사는 어디까지 와 있습니까?

기 사 바싹 다가와 있소. 더구나 파죽지세요. 그리고
 주력 부대의 출현도 임박해 있소.
에드거 고맙습니다. 그것만 알았으면 됐습니다.
기 사 특별한 이유 때문에 왕비께서는 여기 머물러 계
 시지만 군대는 출동해 있습니다.
에드거 고맙습니다. (기사 퇴장)
글로스터 언제나 자비로우신 신들이여, 제발 뜻하실
 때 이 목숨을 끊어 주십시오. 다만 두 번 다시 나
 쁜 심보의 꾐을 받아 허락도 없이 스스로 목숨을
 끊을 생각은 하지 않도록 지켜 주십시오.
에드거 아저씨, 잘 기도하셨습니다.
글로스터 너는 누구냐?
에드거 전혀 쓸데없는 사람입니다. 운명의 매질로 갖
 가지 뼈아픈 슬픔을 경험해 왔기 때문에, 남의 불
 행에도 잘 동정을 합니다. 손을 주십시오. 쉬실 곳
 으로 안내해 드리겠습니다.
글로스터 진심으로 고맙다. 하나님의 은총과 축복이
 더욱더 너에게 내리기를 빈다!

 오즈왈드 등장

오즈왈드 현상 붙은 수배자구나! 재수 좋다! 너의 눈

없는 그 머리는 본래 내 출세를 위해서 만들어져 있는 것이다. 이 불행한 늙은 반역자야, 빨리 네 죄를 돌이켜 생각하고 각오해! 칼을 뺐다, 네 목숨은 내 것이다.

글로스터 기쁘게 제공하겠소. 자, 잔뜩 힘을 주어 찌르시오. (오즈왈드가 찌르려고 할 때 에드거가 막는다)

오즈왈드 무례한 농부놈아, 반역자로 공포된 놈을 뭣 때문에 옹호하려 드는 거냐? 비켜! 비키지 않음 그 자의 불운에 너도 같이 말려든다.

에드거 못 놓겠어, 다른 이유가 없이는.

오즈왈드 놔, 이 노예놈아! 놓지 않음 목숨이 없다.

에드거 여보시오, 자기 갈길이나 가고, 불쌍한 사람들에게 참견 마시오. 위협 따위로 내가 뻗는다면 나는 벌써 두 주일 전에 없어졌게? 안돼, 이 노인 옆에는 못 가! 비켜, 비키라니까! 안 비키겠다면 시험을 해보자, 네 대갈통과 내 몸뚱이 중 어느 것이 딱딱한가. 나는 거짓말은 안해.

오즈왈드 뭐라구? 이 쓰레기 같은 자식이! (두 사람 싸운다)

에드거 그럼 네 앞니를 가만 두지 않겠다. 자, 덤벼 봐. (에드거가 오즈왈드를 때려 눕힌다)

오즈왈드 노예놈, 네놈 손에 내가 죽는구나. 임마, 이 돈주머니를 받아 둬라. 장래 잘 되고 싶거든 내 시체를 좀 묻어 줘. 그리고 내 주머니 속에 있는 편지를 글로스터 백작 에드먼드 님께 전해 줘. 영국군 진영에 가서 찾으면 안다. 아! 뜻밖의 죽음을 당하는 구나! 이제 죽는다.

에드거 나는 너를 잘 안다. 악인이었으나 충성을 다한 놈이었지. 네 주인 아씨의 나쁜 짓에 대해서는 악인이 바랄 수 있는 최상급의 충성을 다한 놈이었지.

글로스터 뭐, 그놈이 죽었나?

에드거 아저씨, 거기 앉아서 쉬십시오. 이자의 호주머니 속좀 뒤져봐야겠습니다. 그 편지라는 게 우리에게 도움이 될지도 모르니까요. 저놈은 죽었습니다. 다만 사형 집행리의 손에 죽게 하지 못한 것이 유감입니다. 그럼 봉랍(封蠟)을 좀 뜯어 보자. 예법 좀 실례하자. 적의 마음 속을 알려면 적의 심장까지도 찢어야 하는 판에 편지를 뜯어 보는 것쯤이야 어쩌려구. (편지를 읽는다)

 서로 맹세한 것, 잊지 말아 주셔요. 그 사람을 없애버릴 기회는 얼마든지 있을 거예요. 당신의 결심 하나로 시기와 장소는 충분히 구비될 거예요. 그 사람이 만일 승리하여 개선하는 날이면 모두가 수포(水泡)로 돌아갑니다. 그리고 나는 죄인이 되고, 그 사람과의 잠자리는 나의 감옥이 됩니다. 그 숨막히는 잠자리에서 저를 구해내시고, 그 노고의 대가로 그 자리에 대신 들어 오세요. 당신을 남편같이 그리워하는 거너릴.

 아, 여자의 욕정은 한이 없군! 저 덕망 높은 남편의 목숨을 빼앗고, 내 동생과 바꿔치기하자는 흉계로구나! 여기 모래 속에 너를 묻어 주겠다, 남의 목숨을 노린 색골들의 더러운 심부름군아. 그리고 시기를 기다려서 이 흉측한 편지를 내보이고 모살을 당할 뻔한 공작님의 눈을 깜짝 놀라게 해드려야지. 그분에게는 다행이다, 너의 최후의 꼬락서니와 너의 임무를 내가 이야기할 수 있게 됐으니.

글로스터 임금님은 실성하셨다. 그런데 하찮은 내 목숨은 얼마나 질기기에 이렇게 버티어 커다란 슬픔을 뼈아프게 느끼고만 있는걸까! 차라리 미치기나 했으면 좋겠다. 그렇게 되면 자신의 슬픔을 생각지 않게 되고, 갖가지 불행도 느껴지지 않을 것 아니냐? (먼 곳에서 북소리)

에드거 손을 붙들어 드리죠. 멀리서 북치는 소리가 나는 것 같습니다. 자, 아저씨, 친구를 찾아가서 보호를 부탁해 봅시다.

.두 사람 퇴장

제 7 장

프랑스 진영 내의 천막
코델리아, 켄트, 시의, 기사 등장

코델리아 아아, 켄트 백작님, 저는 얼마나 오래 살아서 노력을 해야 백작님의 충성에 보답할 수가 있을까요! 그러기에는 생명이 너무 짧고, 또 무슨 방법으로도 미급할 것만 같습니다.

켄 트 그렇게 알아주시는 것만으로도 과분한 보수입니다. 지금 말씀드린 것은 사실 그대로입니다. 한 마디 보태지도 줄이지도 않은 사실 그대로입니다.

코델리아 그 옷을 갈아입으세요. 그 옷은 이때까지의 불행의 표지입니다. 부디 그 옷을 벗어버리세요.

켄 트 용서하십시오. 지금 저의 정체가 드러나서는 모처럼의 계획이 틀어집니다. 적당한 시기가 올 때까지 저를 아는 체 말아 주십시오, 부탁드립니다.

코델리아 그럼, 그렇게 하죠. (시의에게) 임금님의 용태는?

시 의 그대로 주무시고 계십니다.

코델리아 아, 인자한 신들이여, 학대받은 마음의 큰 상처를 치료해 주십시오! 자식들의 불효 때문에 헝클어지고 장단이 맞지 않는 아버님의 마음의 줄을 부디 다시 죄어 주십시오!

시 의 전하를 깨워도 상관없겠습니까? 오랫동안 주무셨습니다.

코델리아 당신의 판단에 일임하겠어요. 좋다고 생각하는 대로 해주세요. 옷은 갈아입으셨나요?

기 사 예, 곤히 주무시는 사이에 새 옷으로 갈아입혀 드렸습니다.

시 의 깨워드릴 때, 바싹 곁에 계셔 주십시오. 틀림없이 정신을 회복해 계실 것입니다.

> 의자에 앉아 있는 리어 왕을 시종들이 모시고 나온다. 조용히 음악이 연주된다.

시 의 더 가까이 오십시오. 음악을 더 크게.

코델리아 아, 아버님, 저의 입술에 아버님을 회복시키는 묘약이 있어, 두 언니가 아버님의 존체에 가한 큰 상처가 이 키스로 치유되기 바랍니다.

켄 트 착하시고 효성이 지극하신 공주님!

코델리아 설사 자기네들의 아버지가 아니었더라도, 이 백발은 그 사람들에게 측은의 정을 일으키게 했을 텐데. 이것이 뒤끓는 비바람과 맞싸워야 할 얼굴이었나요? 그리고 천지를 뒤흔들며 무섭게 벼락을 치는 천둥과 맞서셨다죠? 더구나 날쌔게 하늘을 가로지르는 번갯불이 하늘을 찢으며 번뜩이는 그 속을. 한잠도 못 주무시고 필사의 척후병같이, 이렇게 맨머리로……? 원수네 집 개가 나를 물어뜯었을지라도, 그런 밤이면 그 개를 난로 곁에 있게 했을 텐테. 그런데 가엾게도 아버님은 돼지나 떠돌아다니는 부랑배와 함께 곰팡내나는 지푸라기에 말려서 움막에서 주무셨어요. 아아, 아아! 목숨과 정신이 단번에 끊어지지 않으신 게 기적입니다. 잠이 깨셨나 보군요……. 말씀 여쭈어 보세요.

시 의 왕비께서 말씀해 보시는 것이 좋겠습니다.

코델리아 전하, 어떠십니까? 전하, 기분이 어떠십니까?

리어 왕 무덤 속에서 나를 깨운 것은 실례지. 당신은 천상의 영혼이군. 나는 지옥의 화륜(火輪)에 결박당해 있어 놔서 내 눈물은 녹은 납같이 화상을 입히지.

코델리아 전하, 저를 알아보시겠습니까?

리어 왕 당신은 망령이야, 언제 죽었소?

코델리아 아직, 아직도 착란이 심하셔요!

시 의 아직 잠을 덜 깨셨습니다. 잠시 놔두십시오.

리어 왕 내가 여지껏 어디 있었나? 여기는 어딘가? 햇빛이 비치나? 나는 기막히게 속고 있어. 남이 이런 꼴을 당하는 것을 본다면 불쌍해서 나는 견딜 수 없을 거야. 뭐래야 좋을지 알 수 없구나. 이건 내 손인가? 정말 내 손이야? 어디 바늘로 찔러 보자. 아프다, 아파. 지금 내가 어떻게 돼 있는지 확실히 알고 싶구나.

코델리아 (무릎을 꿇으며) 아! 저좀 보세요. 그 손을 들어 저를 축복해 주세요. (왕이 무릎을 꿇으려고 하는 것을 보고) 아니에요, 아버님, 무릎을 꿇으심 안 돼요.

리어 왕 제발 나를 놀리지 마오. 나는 어리석은 바보 늙은이야. 벌써 팔십 고개를 넘었는데, 한 시간도 더하지 않고, 덜하지도 않아. 그리고 정직히 말해서 정신이 성하진 않은 것 같애. 당신이나 이분을 나는 알 것 같은데 확실치가 않아. 글쎄 여기가 어딘지 전혀 모르겠구나. 그리고 아무리 돌이켜 생각해 봐도 이 옷은 기억에 없고, 어제 밤 어디서 잤는지도 생각이 안 나는구먼. 비웃을지도 모르지만……. 이 부인은 내 딸 코델리아같구먼.

코델리아 그렇습니다, 아버님!

리어 왕 눈물을 흘리고 있느냐? 그렇군, 눈물이군. 제
   발 울지 말아. 네가 독약을 준다해도 나는 마시겠
   다. 너는 나를 원망하고 있을 거다. 내 기억에 의
   하면 너의 언니들은 나를 학대했것다. 너에게는 물
   론 그만한 이유가 있지. 그러나 그들에게는 아무런
   이유도 없지.
코델리아 없습니다, 저에게도 아무런 이유가 없어요!
리어 왕 나는 프랑스에 와 있느냐?
켄 트 전하의 영토 안에 계십니다.
리어 왕 속이지 말아라.
시 의 안심하십시오, 왕비 전하. 보시는 바와 같이 심
   한 정신 착란은 진정되셨습니다. 그러나 지금까지
   고생하시는 동안에 있었던 일들을 되새기게 해서는
   아직은 위험합니다. 안으로 모십시다. 그리고 좀더
   진정되실 때까지는 괴롭게 해드리지 마십시다.
코델리아 안으로 들어가지 않으시렵니까?
리어 왕 나를 부디 용서해 줘야겠어. 이제 모든 것을
   잊고, 용서해 다오. 나는 늙어서 바보가 되어 있으
   니까. (켄트와 기사만 남고 모두 퇴장)
기 사 콘월 공작이 피살되었다는데, 사실입니까?
켄 트 확실한 사실이오.

기 사 그럼 그분 군대의 지휘자는 누굽니까?
켄 트 소문에는 글로스터의 서자라고 합니다.
기 사 듣자니 추방당한 영식 에드거와 켄트 백작은 독일에 가 있다는 소문이던데요.
켄 트 세간의 소문은 믿을 수가 있어야죠. 그런데 경계해야 할 시기가 왔소. 영국군이 급속도로 진격해 오고 있소.
기 사 이번 열전은 피비린내 나는 결전이 되겠습니다. 그럼 안녕히 계시오. (기사 퇴장)
켄 트 오늘 싸움의 성공 여부에 따라서 내 의도와 내 목적도 좌우간 결판이 나겠지…….

  켄트 퇴장

제 5 막

제5장

제 1 장

도버 근처의 영국군 진영
고수와 기수들을 선두로 에드먼드, 리건, 장교들, 병사들 등장

에드먼드 (한 장교에게) 공작에게 가서 알아보고 오너라. 일전의 결의에 변경은 없으신지, 또는 그후로 형편상 방침을 변경하셨는지를. 공작은 변덕이 심하고, 자기 양심의 가책만 받고 계시니까 확실한 의도를 알아 가지고 오너라. (장교 퇴장)

리 건 언니의 그 하인은 분명히 살해된 모양이예요.

에드먼드 그럴지도 모릅니다.

리 건 그런데, 보세요, 내가 당신에게 호의를 가지고 있는 것은 아시지요? 하지만 말씀 좀 해 보세요. 사실대로, 아무튼 사실대로 말씀해 보세요. 당신은 언니를 사랑하고 계시는 게 아니예요?

에드먼드 나로서는 공명 정대한 사랑밖에 안 가지고 있습니다.

리 건 하지만 당신은 형부밖에 들어가지 못하는 장소까지 들어가 보시지 않았어요?

에드먼드 그건 부당한 말씀입니다.
리 건 하지만 당신은 언니하고는 늘 같이 있으며 포옹도 하고, 벌써 부부가 다 된 게 아니예요?
에드먼드 내 명예에 두고 맹세하지만 절대로 그렇지 않습니다.
리 건 언니라고 가만 두지는 않을 테에요. 보세요, 미리 말해 두지만 당신은 언니하고 가까이하지 말아 주세요.
에드먼드 염려 마십시오. 언니와 그 부군 공작이 오십니다!

  고수와 기수들을 앞세우고 올버니, 거너릴, 병사들 등장

거너릴 (방백) 동생에게 그이와 나 사이를 이간당하느니 차라리 프랑스와의 전쟁에 지는 편이 낫지.
올버니 콘월 공작 부인, 반갑소! (에드먼드에게) 헌데 듣자니 국왕은 막내딸에게로 가고, 우리의 정치를 원망하는 일당도 따라갔다 하오. 나는 공명 정대하지 않은 경우엔 용감할 수 없는 사람이오. 한데 이번 일은 프랑스 왕이 리어 왕과 그 일당을 원조하기 위해서가 아니라 우리 나라를 침략하려고 하는 것이기 때문에 우리는 결코 무시할 수가 없소. 하

긴 리어 왕과 그 일당들에게는 중대하고 정당한 이유가 있어서 우리에게 대항하는 것이겠지만.

에드먼드 지당한 말씀이십니다.

리 건 새삼스럽게 왜 그런 말씀을 하십니까?

거너릴 같이 합세해서 적을 무찌릅시다. 집안끼리의 사사로운 시비는 여기서 할 성질이 못 되니까요.

올버니 그럼 노련한 장교들과 작전 계획을 세우기로 합시다.

에드먼드 그럼 곧 공작님의 막사로 가겠습니다.

리 건 언닌 나와 같이 가요.

거너릴 싫다.

리 건 그래야 되겠으니, 나와 같이 가요.

거너릴 (방백) 호 호, 그 수수께끼는 나도 알지……. 그럼 같이 가겠어.

모두 퇴장하려고 할때 변장한 에드거 등장

에드거 공작님께서 이렇게 비천한 사람과 잠깐만 면담해 주신다면 한 마디 말씀 올리겠습니다.

올버니 (앞에 가는 사람들에게) 곧 뒤따라가겠소……. 말해 봐라. (올버니와 에드거만 남고 모두 퇴장)

에드거 전투 개시 전에 이 봉투를 뜯어 보십시오. 만약 공작님께서 승리를 거두실 때는, 나팔을 불게 해서 이 편지를 가져온 저를 불러내 주십시오. 비천한 사람으로 보이겠지만, 이 편지에 씌어 있는 것이 거짓이 아니라는 것을 어떤 상대하고라도 칼을 가지고 증명해 보이겠습니다. 그러나 만일 당신이 전사하신다면 속세의 번거로움도 끝장이 나고, 따라서 음모도 사라지고 말 것입니다. 무운 장구하시기를 빕니다!

올버니 그럼 읽어 보겠으니 기다려라!

에드거 그럴 수는 없습니다. 시기가 왔을 때, 전령사에게 불러내게만 하십시오. 그 때 다시 나타나겠습니다.

올버니 그럼 잘 가라. 편지는 꼭 읽어 보겠다. (에드거 퇴장)

에드먼드 등장

에드먼드 적군이 나타났습니다. 단단히 대비하십시오. 성실한 척후(斥候)가 정찰한, 적의 병력과 군비에 관한 보고서가 있습니다. (편지를 내준다) 그러나 빨리 하셔야 되겠습니다.

올버니 곧 출전하겠소.

올버니 퇴장

에드먼드 언니에게도 동생에게도 부부의 약속을 해놓았다. 자매가 서로 경계하는 꼴은 마치 독사한테 물린 적이 있는 사람이 독사를 경계하는 꼴과 같구나. 어느 쪽을 택할까? 양쪽 다? 한쪽만? 양쪽 다 그만둘까? 양쪽 다 살아남아서는 어느 쪽도 내 걸로 향유할 수 없지. 과부 쪽을 택하면 언니 거너릴이 환장해서 미칠 거야. 그렇다고 그녀의 남편이 살아 있어서는 이쪽에 승산은 거의 없거든. 그러나 전쟁에는 그 남편의 위력을 이용해야지. 하지만 전쟁이 끝나면, 남편을 방해물로 알고 있는 그 여자로 하여금 남편을 치워버리게 해야지. 그 사람은 리어 왕과 코델리아에게 자비를 베풀 계획인 모양이지만, 전쟁이 끝나고 부녀가 우리 쪽 포로가 됐을 때는 사면(赦免)을 하게 가만 놔두진 않을 테다. 지금의 내 입장으로선 이치를 따지고 있을 게 아니라 내 자신을 방어하는 것이 중요하다. (에드먼드 퇴장)

제 2 장

>양군 진영 사이의 평야
>경보(警報), 프랑스군 등장. 코델리아가 리어 왕의 손을 끌고 등장하여, 다시 무대를 가로질러서 퇴장. 에드거가 글로스터의 손을 잡고 등장

에드거 자, 아저씨, 여기 이 나무 그늘에서 쉬고 계세요. 그리고 정당한 편이 이기도록 기도하십시오. 만일 다시 무사히 돌아오게 되면 기쁜 소식을 가지고 오지요.

글로스터 네게 신의 가호가 있기를. (에드거 퇴장)

>안에서 경보와 퇴각의 나팔 소리, 에드거 등장

에드거 아저씨, 도망가요! 손을 주세요, 도망가요! 리어 왕은 싸움에 지고, 왕과 함께 공주님은 포로가 됐어요.

글로스터 이젠 안 가겠다. 여기서도 썩어 없어질 수 있다.

에드거 아니, 또 나쁜 생각을 하십니까? 사람은 태어날 때나 마찬가지로 이 세상을 하직 할 때도 뜻대

로 되는 것이 아니니 참아야 합니다. 뭣보다도 때가 익는 것이 중요합니다. 자, 가십시다!
글로스터 하긴 그렇지.

　두 사람 **퇴장**

제 3 장

도버 근처의 영국군 진영
승리를 한 에드먼드, 고수와 기수를 선두로 등장, 포로가 된 리어 왕과 코델리아 등장, 부대장과 병사들이 등장

에드먼드 장교 몇은 포로로 하라. 그리고 상관들의 명령이 있을 때까지 엄중 감시해라.

코델리아 최선을 다하고도 최악을 초래한 것은 우리들이 처음은 아닙니다. 하지만 국왕이신 아버님의 고생을 생각하면 저는 맥이 풀립니다. 저 혼자라면 믿지 못할 운명의 여신의 찡그린 얼굴쯤은 노려봐 줄 수도 있습니다. 저 따님들, 언니들을 한 번 만나보시지 않겠습니까?

리어 왕 아냐, 아냐, 아냐, 아냐! 자 감옥으로 가자꾸나. 둘이서만 조롱 속의 새같이 노래를 부르자꾸나. 네가 나보고 축복을 해 달라면 나는 무릎을 꿇고 네게 용서를 빌겠다. 우리들은 그렇게 날을 보내고 기도하고 노래하고 옛날 이야기를 하고 금빛 나비를 보고 웃고, 불쌍한 놈들이 얘기하는 궁중 소문을 듣자꾸나. 그리고 그들을 상대해서, 누가

실각하고 누가 득세하고 누가 등용되고 누가 쫓겨 났는지를 그놈들하고 얘기 하자꾸나. 또 우리가 제법 신의 밀사이기나 한 것처럼 세상에서 일어나는 불가사의를 아는 척하며, 감옥의 벽에 둘러싸여서 달과 더불어 차고 기우는 양반네들의 이합 집산을 조용히 보구 지내자꾸나.

에드먼드　둘을 데리고 나가라.

리어 왕　코델리아, 너와 같은 희생에 대해서는 신들 자신이 향을 올려 주실 거다. 나는 너를 붙잡고 있느냐? 우리를 떼어 놓으려고 하는 놈은 하늘에서 횃불을 가지고 와서 우리를 여우같이 그을려 내몰아야 하렷다. 눈물을 닦아라. 그것들이 염병에 걸려서 살과 껍질이 썩어 문들어지기 전에는 울지 말아야지! 그것들이 굶어 죽는 꼴을 우리가 먼저 봐야지. 자, 가자. (리어 왕과 코델리아 퇴장)

에드먼드　부대장, 이리 와요. 이 편지를 가지고 감옥까지 두 사람의 뒤를 따라가라. (편지를 준다) 너를 일 계급 승진시키기로 돼 있다. 이번에 그 속에 쓰여 있는 것을 실행한다면 네 앞날은 확 트일 것이다. 명심해 둬라. 사람은 시세에 순응해야 한다. 인정 많은 것은 칼을 찬 군인에게는 어울리지 않는다.

이번의 중대한 임무는 왈가왈부를 허용치 않는다. 그럼 수락하겠느냐, 또는 출세를 다른 길로 택하겠느냐?

대 장 명령대로 하겠습니다.

에드먼드 그럼, 곧 착수해라. 그리고 끝나면 행복하다고 생각해라. 알았니……? 곧 착수해라. 그 속에 쓰여 있는 대로 처리해라.

대 장 말같이 짐수레를 끌거나 말린 귀리를 먹거나 할 순 없지만, 사람이 하는 일이라면 뭐든지 하겠습니다. (대장 퇴장)

나팔 소리. 올버니, 거너릴, 리건, 병사 등장

올버니 (에드먼드에게) 오늘은 확실히 귀하의 용맹한 혈통을 증명하셨소. 그리고 무운도 좋으셨소. 또한 오늘의 격전의 목표인 두 사람을 포로로 한 것은 대단한 공훈이오. 그 두 사람의 처분에 대해서는 두 사람이 받을 당연한 보복과 우리의 안전으로 보아서 공명하게 결정이 내려졌다고 생각될 수 있게 처리해 주시오.

에드먼드 저 비참한 노왕은 어디 적당한 곳에 유폐하여 감시인을 붙여 두는 것이 적당하다고 생각했습니다. 그 고령에 매력이 있고, 그 신분에는 더욱더 매력이 있기 때문에 어리석은 국민들은 동정을 하고, 우리가 징집한 병사들까지도 그 창을 지휘자인 우리의 눈으로 돌릴까 봐 우려되었습니다. 프랑스 왕비도 같이 유폐해 두었습니다. 이유는 같습니다. 그리고 내일이나 그 후나, 법정에 호출할 때에는 언제든지 출두하게 해놨습니다. 그러나 우리는 지금 땀과 피에 젖어 있습니다. 친구는 친구를 잃었습니다. 전쟁의 가혹함을 느낀 사람이면 그 전쟁을 저주하게 마련입니다. 코델리아와 그 부친의 문제는 다른 곳에서 논하는 것이 옳을 것 같습니다.

올버니 실례지만 에드먼드, 나는 이번 전쟁에서 당신을 부하로 생각하고 있을 뿐 형제로는 생각지 않소.

리 건 그 자격은 제가 이분께 드리고 싶었던 거였어요. 그 말을 하시기 전에 제 의사를 물어 봤어야 옳다고 생각돼요. 이분은 저의 군대를 지휘하시고, 저의 지위와 신분을 위임받아 계셨어요. 저와는 이만한 사이니까 당연히 이분은 당신과는 형제와 같은 처지라고 할 수 있어요.

거너릴 그렇게 흥분하지 말아요! 네게서 자격을 받지 않아도 저분은 자기 자신의 가치로 높은 지위에 올라갈 분이야.

리 건 내가 준 권리를 행사하느니만큼 왕후하고도 동배간이에요.

올버니 하긴 그렇게 되겠지요, 당신의 남편이 된다면.

리 건 농담이 진담이 될지 누가 알아요?

거너릴 저것 봐! 그런 소리를 하는 사람의 눈은 역시 사팔뜨기로군.

리 건 언니, 지금 나는 몹시 아파서 가만히 있지만, 그렇지 않다면 왈칵 성을 내고 대들었을 거예요. (에드먼드에게) 장군, 나는 당신에게 부하 장병과 포로와 상속 재산을 일체 바치겠어요. 당신 자유로 처리하세요. 그리고 이몸도, 이몸도 당신의 것이에요. 저는 이 자리에서 당신을 나의 남편, 나의 주인으로 선언합니다.

거너릴 그렇게 네 맘대로 될 줄 알구?

올버니 (거너릴에게) 그걸 막는 것은 당신 맘대로는 안 될걸.

에드먼드 (올버니에게) 당신 마음대로는 안 될걸요.

올버니 서자놈아, 그건 당치 않은 소리다!

리 건 (에드먼드에게) 북을 울리게 하여 저의 권리가 당신의 것이 됐음을 증명하세요.

올버니 잠깐 기다려! 얘기할 게 있다. 에드먼드, 너를 대역죄로 체포하겠다. 너를 체포함과 동시에, 이 금빛의 독사 거너릴도. 어여쁜 리건, 당신의 요구에 대해서는 처를 대신하여 내가 반대합니다. 내 처와 벌써 이 귀족과는 재혼할 약속이 돼 있소. 그러니 나는 그녀의 남편으로서 당신의 혼담에 이의가 있소. 남편이 필요하다면 차라리 내게 구혼하시오. 내 처는 이미 약속이 돼 있으니까.

거너릴 일 장의 막간극이군!

올버니 글로스터, 아직도 무장은 하고 있구나. 나팔을 불게 하라. 네가 범한 흉악하고 명백한 가지가지 대죄를 증명하려고 너에게 결투를 신청할 사람이 나타나지 않는다면 내가 상대하겠다! (장갑을 땅 위에 던지며) 네 악업은 지금 내가 면박한 이상의 것임을 네 염통을 도려내어 증명해 보일 테다. 그러기 전에는 나는 빵조차도 입에 대지 않을 테다.

리 건 (고통스럽게) 가슴이 아파!

거너릴 (방백) 그렇지 않아서야 약효도 믿을수 없게?

에드먼드 그 대답은 이거다! (장갑을 던진다) 나를 반역자라고 부르는 놈은 대체 어떤 놈인지 모르지만, 악당 같은 거짓말쟁이다. 나팔을 불어서 불러내라!

나타나는 놈이 누구든 상대를 가릴까 보냐? 나의 결백과 체면을 확고하게 해보일 테다.

올버니 여, 전령사!

에드먼드 전령사, 여, 전령사!

올버니 네 자신의 용기만 믿어. 내 명의로 모집된 너의 부하 장병들은 다 내 명의로 해산됐으니까.

리 건 아이구, 아파!

올버니 환자가 생겼군. 내 막사로 데리고 가라. (리건, 부축을 받으며 퇴장)

　전령사 등장

올버니 이리 와, 전령사. (대장에게) 나팔을 불게 하라. (전령사에게) 이것을 읽어라. (나팔 소리)

전령사 (읽는다) '우리 군대 내에 지체나 지위 있는 자로서는 글로스터 백작이라 칭하는 에드먼드에 대하여 그자가 갖가지 대죄를 범한 대 모반자라는 것을 결투로 증명할 수 있는 자는 세 번째 나팔 소리가 날 때까지 출두하여라. 에드먼드는 칼을 가지고 증명한다 함.' 불어라! (첫째 나팔 소리) 또 불어라! (둘째 나팔 소리) 또 불어라! 불어 보아라! (세째 나팔 소리. 안에서 대답하는 나팔 소리)

전신 무장한 에드거, 나팔수를 앞세우고 등장

올버니 물어 보아라. 왜 나팔 소리에 응하여 나타났는 가를.

전령사 당신은 누구요? 성명을 대오. 신분을 말하오. 또 무슨 이유로 이 부름에 응답을 했소?

에드거 이름은 없습니다. 반역자의 이빨에 물어뜯기고 벌레에 파먹히고 말았습니다. 허나 바탕은 여기 칼을 맞대고 싸우려는 상대자에 못지않은 귀족 출신입니다.

올버니 그 상대자란 누구냐?

에드거 글로스터 백작 에드먼드라는 사람은 누구냐?

에드먼드 바로 나다. 할 말이 뭐냐?

에드거 칼을 빼라. 내 말이 귀족인 너의 비위에 맞지 않는다면, 칼을 가지고 정의를 증명해 봐라. 나는 칼을 빼겠다. 굳은 맹세로 명예 있는 기사(騎士)가 된 특권을 가지고 나는 너의 면전에서 단언하겠는데 너의 힘과 지위와 젊음과 요직(要職)에도 불구하고, 그리고 너의 승리와 지금의 득세와 용기와 담력에도 불구하고, 네놈은 모반자다! 네놈은 신과 아버지와 형을 배반하고 여기 이 공명 높으신 공작의 목숨을 노리는, 머리끝에서 발톱의 때와 먼지에

이르기까지 두꺼비같이 더러운 모반자다. 네가 그
걸 부정한다면, 내 칼, 내 팔, 내 용기가 네 염통을
도려내서 사실을 증명해 보이겠다. 그리고 그 염통
에 대고 나는 말하는 거다, 너는 거짓말쟁이라고!

에드먼드 내가 신중하다면 마땅히 성명을 물어 봐야
하겠지만, 보아하니 의젓하고 용감하며, 말씨도 어
딘지 명문 출신 같구나. 기사도의 예법에 의하면
당연히 거절해도 좋은 결투지만, 그렇게 하기는 싫
다. 모반자라는 오명을 네 머리에 되던져 주고, 지
옥같이 가증한 그 거짓말을 가지고 네 가슴을 눌러
놓겠다. 허나 그 오명도 네 가슴을 스칠뿐 거의 상
처조차 입히지 않을 것이니, 그 오명을 이 칼로 네
가슴에 새겨 두고 영원히 그곳에 남아 있게 하겠
다. 자, 나팔을 불어라! (경보의 나팔 소리. 두 사람 싸
운다. 에드먼드 쓰러진다)

올버니 가만, 죽이지 말아!

거너릴 이것은 음모예요, 글로스터 백작님. 기사도의
예법으로는 이름도 안 밝힌 상대에게 응할 의무는
없어요. 당신은 진 게 아니에요. 계략과 속임수에
빠진 거예요.

올버니 입 닥쳐. 닥치지 않으면 이 편지로 입을 틀어

막아 버릴 테야. (에드먼드에게) 여, 기다려! (거너릴에게) 어떤 죄명보다 더한 악인아, 네 죄상을 읽어 봐라. 찢지 말아! 본 일이 있는 모양이군.

거너릴 본 일이 있으면 어때요? 국법은 내 것인데요. 당신 자유로는 안될 걸요? 그걸로 누가 날 고발할 수 있어요.

올버니 참 괴물 같은 여자로군! 그럼 이 편지는 확실히 네 것이로구나?

거너릴 내가 알고 있는 것을 묻지 말아요. (거너릴 퇴장)

올버니 뒤따라가 봐. 반미치광이가 되었구나. 진정시켜라. (장교 한 사람 퇴장)

에드먼드 당신이 열거한 죄목은 내가 범한 죄상이다. 이외에도 많이 있는데 시기가 오면 다 알게 될 것이다. 그러나 다 지난 과거 일이다. 나는 이제 과거의 사람이 되었다. 허나 나를 이긴 너 행운아는 대체 누구냐? 문벌 있는 사람이라면 용서하겠다.

에드거 서로 용서하자, 에드먼드야. 나는 혈통이 너만 못하지 않은 사람이다. 만약 혈통이 너보다 우월하다면 내게 대한 네 죄는 그만큼 더욱 무겁다. 나는 에드거다. 너의 아버지의 적자다. 신은 공평하시다. 그리고 우리의 쾌락을 가지고 우리를 벌하는 도구로 삼으신다. 아버지는 컴컴하고 부도덕한 잠자리에서 너를 만든 댓가로 지금은 두 눈을 잃으셨다.

올버니 (에드거에게) 자네의 거동만 보고서도 어딘지 고귀한 가문의 태생임을 알아볼 수 있었네. 자, 이 가슴에 안게 해주게. 만일 내가 한 번이라도 자네나 자네 부친을 미워했었다면, 슬픔 때문에 이 가슴이 둘로 쪼개져도 좋으이.

에드거 공작님, 호의는 잘 알고 있습니다.

올버니 지금까지 어디에 숨어 있었는가? 어떻게 부친의 불행을 알았는가?

에드거 그 불행을 보살펴왔습니다. 간단히 말씀드리겠습니다. 그리고 다 말씀드리고 나면, 아, 심장이 터져도 상관없습니다! 가혹한 선고가 내린 뒤에 바싹 뒤쫓아오는 포졸의 눈을 피해서……. 아, 목숨은 소중합니다. 단번에 죽느니보다는 일각일각 죽음의 고통을 당하더라도 연명하려고 합니다! 전 생각한 바가 있어 미치광이가 입는 누더기를 입고, 개도 얕보는 꼴로 미친 거지로 변장을 했지요. 그런 꼴로 우연히 아버님을 만났는데, 그 때 그분의 피 흘리는 두 눈은 보석 같은 두 눈알을 갓 잃고 난 때였습니다. 그 후로 그분의 손을 이끌고 길잡이가 되어 그분을 위해서 동냥도 하고, 절망으로부터 구원도 해드렸습니다. 반시간 전 갑옷을 입을 때까지는 그간 쭉 이름을 밝히지 않았습니다만, 지금 생각하니 큰 잘못이었습니다. 저는 이번 이 결투에 있어서 이기리라고는 생각하면서도 승패의 판가름이기에 어딘지 불안하여, 부친께 축복을 구하고 지금까지의 자초지종을 얘기했지요. 그랬더니 이미 금이 가 있는 부친의 심장은 기쁘고도 슬픈 감정의 충격을 감당하지 못하셨던지……. 희비(喜悲) 착잡한 양극단에 끼어 빙그레 웃으며 숨을 거두고 마셨습니다.

에드먼드 그 이야기에는 나도 감동했소. 이제 나도 본심으로 되돌아갈 수 있을 것 같소. 다음을 계속해 주시오. 더 얘기가 있을 것 같소.

올버니 슬픈 이야기일 테지. 더 얘기 말게. 그 이야기만으로도 나는 눈물이 쏟아질 것 같으니까.

에드거 슬픔을 싫어하는 사람에게는 이것이 끝이라고 보이겠지만, 또 하나 이야기가 있습니다. 이를 자세히 얘기하면 지금까지로도 많은 슬픔에 슬픔을 더하여 극도의 슬픔이 되겠습니다. 제가 통곡을 하고 있는데 누가 나타났습니다. 이분은 전에 저의 비참

한 거지 꼴을 봤을 때 소름이 끼치는 듯 저를 피했
던 분인데, 이번에는 슬픔을 참고 있는 사람이 누군
지를 알아보고, 힘센 두 팔로 내 목에 매달리며 하
늘을 찢을 듯이 통곡하며 몸을 저의 부친의 시체 위
에 내던지고 리어 왕과 자기의 슬픈 신상 이야기를
했는데, 그렇게도 슬픈 이야기는 세상에 둘도 없습
니다. 그 이야기를 하면서 그분은 슬픔을 감당하지
못하여 당장에 생명의 줄이 끊어질 것만 같았습니
다. 그 때 두번 나팔 소리가 들렸기 때문에 그분을
실신하신 채 놔두고 이곳으로 나왔습니다.

올버니 그분은 대체 누구지?

에드거 켄트 백작, 추방당한 켄트 백작입니다. 변장을
하고 자기를 적대시한 임금님을 따라 노예로서도
하지 못할 시중을 들어 온 분입니다.

기사, 피묻은 단검을 들고 등장

기 사 큰일났습니다! 아, 큰일났습니다!

에드거 뭐가 큰일났단 말이오?

올버니 빨리 말해!

에드거 무슨 일이오, 그 피묻은 칼은?

기 사 아직 따뜻하고 김이 오릅니다. 지금 막 가슴에

서 뽑아 왔습니다……! 아, 돌아가셨습니다.

올버니 누가? 빨리 말해!

기 사 아씨, 아씨께서! 그리고 동생도 아씨에게 독살 당했습니다. 아씨가 그렇게 자백했습니다.

에드먼드 나는 둘에다 다 부부 약속을 해놓았겠다. 이제는 셋이 다 같이 한 곳에 모이게 되겠구나.

에드거 켄트 백작이 오십니다.

　　켄트 등장

올버니 죽었든 살았든 두 사람을 이리 옮겨 오너라. (기사 퇴장) 이 천벌은 우리를 떨게는 할지언정 우리에게 연민의 정을 일으켜 주지는 않는다. (켄트를 보고) 아, 이분이 그 분인가? 실례가 되는 줄 알면서도 사태가 이러하니 인사말은 줄이겠습니다.

켄 트 주인이신 임금님에게 영원한 작별을 하러 왔습니다. 여기 안 계십니까?

올버니 큰일을 잊고 있었소! 여, 에드먼드, 왕은 어디 계시냐? 그리고 코델리아는? (하인이 거너릴과 리건의 시체를 운반해 온다) 켄트 백작, 저걸 보시오.

켄 트 아아, 이건 웬일입니까?

에드먼드 아무튼 이 에드먼드는 사랑을 받았소. 나 때문에 언니는 동생을 독살하고, 그리고 자살을 했소.

올버니 사실이 그렇소. 시체의 얼굴을 뭘로 덮어라.

에드먼드 숨이 차오는구나. 나는 원래 악인이지만, 죽기 전에 좀 좋은 일을 해두고 싶소. 섬으로 빨리 사람을 보내시오, 급히 보내시오! 리어 왕과 코델리아를 죽이라는 명령이 내려져 있소. 늦지 않게 빨리 보내시오!

올버니 뛰어가라, 뛰어가라! 아, 빨리 뛰어가라!

에드거 누구에게 가야 합니까? (에드먼드에게) 누가 명령을 맡았어? 명령을 취소할 증거를 줘.

에드먼드 잘 생각해내셨소. 이 칼을 가지고 가서 대장에게 주시오.

올버니 빨리 가라, 목숨을 걸고 빨리!

　　에드거 퇴장

에드먼드 당신의 부인과 내가 명령을 내려보냈습니다. 코델리아를 감옥 속에서 교살해 놓고, 절망한 나머지 자살한 것처럼 뒤집어씌우도록 하라는 명령을.

올버니 신들이여, 보살펴주십시오! 저 사람을 데리고 나가라. (시종들이 에드먼드를 메고 나간다)

　　리어 왕이 절명한 코델리아를 두 팔에 안고 등장, 대장 기타 뒤

따라 등장

리어 왕 울부짖어라, 울부짖어라, 울부짖어라! 너희들은 목석 같은 인간들이냐? 내가 너희들 같은 혀와 눈을 가졌다면 그것들을 사용하여 창공이 무너지도록 저주를 해줄텐데! 이애는 죽어버렸다. 사람이 죽었는지 살았는지는 나도 안다. 이애는 죽어서 흙같이 되어 버렸다. 빨리 거울을 좀 줘. 거울이 입김으로 흐려지든지 희미해지면 아직 살아 있는 거야.

켄 트 이것이 예언된 세계의 종말인가?

에드거 또는 그 가공할 날의 양상인가?

올버니 하늘도 땅도 멸해 버려라!

리어 왕 아 깃털이 움직인다. 이애는 살아 있다. 만약 살아 있다면 이제까지 내가 겪은 불행은 죄다 보상된다.

켄 트 아, 폐하!

리어 왕 저리로 가줘!

에드거 전하의 충신 켄트 백작입니다.

리어 왕 역병에 걸려라. 네놈들은 다 살인자, 반역자다! 나는 이애을 살릴 수 있었을 것을, 이제는 그만이로구나! 코델리아, 코델리아, 잠깐만 기다려라. 앗? 말을 하나? 이애의 목소리는 언제나 부드

럽고 상냥하고 나직했지. 여자로서는 고맙게도. 너를 목졸라 죽인 그 노예놈은 내가 맨손으로 죽여버렸다.

대 장 그렇습니다. 임금님이 죽여버렸습니다.

리어 왕 여, 내가 안 그랬어? 나도 한때는 날카로운 큰 칼을 휘둘러서 닥치는 대로 몰아내던 일이 있었지. 그러나 이젠 늙고, 이렇게 고생을 해온 탓으로 기운이 빠졌어. 너는 누구냐? 눈이 잘 보이지 않는구나. 허나 곧 알아볼 수 있을 거야.

켄 트 운명의 여신이 애증(愛憎)을 같이한 사람이 있다고 자랑 삼는다면 그 중의 한 분이 바로 눈앞에 있습니다.

리어 왕 눈이 잘 보이지 않아. 너는 켄트가 아닌가?

켄 트 네, 그렇습니다. 전하의 신하 켄트입니다. 전하의 신하 카이어스는 지금 어디 있습니까?

리어 왕 그놈은 좋은 놈이야, 정말이야. 그놈은 칼을 잘 쓰지, 날쌔고. 놈도 죽어서 썩어 버렸어.

켄 트 아닙니다. 죽지 않았습니다. 제가 바로 그 카이어스입니다.

리어 왕 그럼 내가 곧 알아볼 수 있겠지.

켄 트 불우한 영락의 시초부터 전하의 슬픈 발자국을

줄곧 따라다닌 사람입니다.

리어 왕 참 잘 왔다.

켄 트 제가 바로 그 사람입니다. 모든 것이 다 쓸쓸하고 암담하고 죽음 같습니다. 손위쪽 따님 두 분은 스스로 목숨을 끊고 자포자기의 최후를 마쳤습니다.

리어 왕 음, 그랬을 거야.

올버니 아무것도 잘 모르시는 모양이오. 이래서는 우리들의 이름을 대드려도 소용없어.

에드거 아무 소용 없습니다.

대장 등장

대 장 에드먼드 님이 돌아가셨습니다.

올버니 이런 때 그런 것은 대수롭지 않아. 귀족이며 나의 친구이신 두 분은 나의 의도를 알아 두시오. 실의에 빠진 이 위대한 분에 대해서는 힘있는 데까지 원조를 해드리도록 하겠습니다. 나로서는 노왕이 생존해 계시는 동안은 나의 통치권을 양도해 드리겠습니다. (에드거, 켄트에게) 그리고 두 분께는 본래의 권리 외에도, 이번의 공훈에 충분히 보답될 만한 여러 영예와 특권을 부여하겠습니다. 친구는 모두 공적으로 해서 상을 받을 것이며, 원수는 다

처벌의 고배를 맛보게 될 것이오. 아, 저런, 저런!

리어 왕 그리고 나의 귀여운 것이 목졸려 죽었다! 이제, 이제, 생명은 끊어졌어! 개나 말이나 쥐에도 생명은 있는데, 왜 너는 숨도 안 쉬느냐? 너는 이제 돌아오지 않겠구나, 영영, 영영, 영영, 영영, 영영! 이 단추 좀 풀어 다오. 고맙다. 이걸 봐라! 이 애 얼굴을 봐라! 봐라, 이애 입술을. 저길 좀 봐라, 저길!

에드거 기절하셨습니다. 전하, 전하!

켄 트 가슴이 터질 것 같군! 어서 터져버려라.

에드거 기운을 내십시오, 전하.

켄 트 영혼을 괴롭히지 마시오. 왕생하시게 놔두시오. 이 완고한 현세라는 고문대 위에서는 이 이상 수족을 고문당하는 것 같아서 오히려 원망하실 겁니다.

에드거 정말 운명하셨습니다.

켄 트 용케 지금까지 오래 견디셨습니다. 천수(天壽) 이상으로 연명하셨습니다.

올버니 유해를 내가거라. 우리들의 당연한 임무는 온 나라가 상(喪)을 입는 일이오. (켄트와 에드거에게) 나의 마음의 벗인 두 분은 이 영토를 다스리시고, 난마같이 엉킨 난국을 구해 주시오.

켄 트 나는 곧 돌아오지 못할 여정을 떠나야만 합니다. 주인님이 부르시니 마다할 수 없습니다.

에드거 이 비통한 시대의 압력을 우리는 달게 받아야 합니다. 우리는 가슴에 느껴지는 생각을 말합시다, 이렇게 말해야 한다고 생각되는 바를 말할 것이 아니라. 가장 늙으신 분이 가장 많이 참으셨습니다. 우리 젊은이들은 이만큼 고생도 하지 않을 것이요, 또 이만큼 오래 살지도 않을 것입니다.

　　시체를 들어내간다. 모두 퇴장, 장송곡.

옮긴이 약력

경성대학 법문학부 영문과 졸업
현 동국대학교 교수

저　　서
≪셰익스피어 문학집≫

역　　서
≪셰익스피어 전집≫(전5권)
≪신역 셰익스피어 전집≫(전8권)

리어 왕　　　　　〈서문문고139〉

개정판 인쇄 / 1996년 4월 25일
개정판 발행 / 1996년 4월 30일
글쓴이 / 셰익스피어
옮긴이 / 김 재 남
펴낸이 / 최 석 로
펴낸곳 / 서 문 당
주소 / 서울시 마포구 성산1동 20—12호
전화 / 322—4916~8　팩스 / 322—9154
등록일자 / 1973. 10. 10
등록번호 / 제13-16

초판 발행 : 1974년 9월 15일　* 잘못된 책은 바꾸어 드립니다

서문문고 목록

001~303
- ◆ 번호 1의 단위는 국학
- ◆ 번호 홀수는 명저
- ◆ 번호 짝수는 문학

001 한국회화소사 / 이동주
002 헤세 단편집 / 헤세
003 고독한 산책자의 몽상 / 루소
004 멋진 신세계 / 헉슬리
005 20세기의 의미 / 보울딩
006 가난한 사람들 / 도스토예프스키
007 실존철학이란 무엇인가 / 볼노브
008 주홍글씨 / 호돈
009 영문학사 / 에반스
010 쯔바이크 단편집 / 쯔바이크
011 한국 사상사 / 박종홍
012 플로베르 단편집 / 플로베르
013 엘리어트 문학론 / 엘리어트
014 모옴 단편집 / 서머셋 모옴
015 몽테뉴수상록 / 몽테뉴
016 헤밍웨이 단편집 / E. 헤밍웨이
017 나의 세계관 / 아인스타인
018 춘희 / 뒤마피스
019 불교의 진리 / 버트
020 뷔뷔 드 몽빠르나스 / 루이 필립
021 한국의 신화 / 이어령
022 몰리에르 희곡집 / 몰리에르
023 새로운 사회 / 카아
024 체호프 단편집 / 체호프
025 서구의 정신 / 시그프리드
026 대학 시절 / 슈토롬
027 태초에 행동이 있었다 / 모로아
028 젊은 미망인 / 쉬니츨러
029 미국 문학사 / 스필러
030 타이스 / 아나톨프랑스
031 한국의 민담 / 임동권
032 비계 덩어리 / 모파상
033 은자의 황혼 / 페스탈로치
034 토마스만 단편집 / 토마스만
035 독서술 / 에밀파게
036 보물섬 / 스티븐슨
037 일본제국 흥망사 / 라이샤워
038 카프카 단편집 / 카프카
039 이십세기 철학 / 화이트
040 지성과 사랑 / 헤세
041 한국 장신구사 / 황호근
042 영혼의 푸른 상흔 / 사강
043 러셀과의 대화 / 러셀
044 사랑의 풍토 / 모로아
045 문학의 이해 / 이상섭
046 스탕달 단편집 / 스탕달
047 그리스, 로마신화 / 벌핀치
048 육체의 악마 / 라디게
049 베이컨 수상록 / 베이컨
050 미뇽레스코 / 아베프레보
051 한국 속담집 / 한국민속학회
052 정의의 사람들 / A. 까뮈
053 프랭클린 자서전 / 프랭클린
054 투르게네프단편집 / 투르게네프
055 삼국지 (1) / 김광주 역
056 삼국지 (2) / 김광주 역
057 삼국지 (3) / 김광주 역
058 삼국지 (4) / 김광주 역
059 삼국지 (5) / 김광주 역
060 삼국지 (6) / 김광주 역
061 한국 세시풍속 / 임동권
062 노천명 시집 / 노천명
063 인간의 이모저모 / 라 브뤼에르
064 소월 시집 / 김정식
065 서유기 (1) / 우현민 역
066 서유기 (2) / 우현민 역
067 서유기 (3) / 우현민 역
068 서유기 (4) / 우현민 역
069 서유기 (5) / 우현민 역
070 서유기 (6) / 우현민 역
071 한국 고대사회와 그 문화 / 이병도
072 피서지에서 생긴일 / 슬론 윌슨

서문문고목록 2

073 마하트마 간디전 / 로망롤랑
074 투명인간 / 웰즈
075 수호지 (1) / 김광주 역
076 수호지 (2) / 김광주 역
077 수호지 (3) / 김광주 역
078 수호지 (4) / 김광주 역
079 수호지 (5) / 김광주 역
080 수호지 (6) / 김광주 역
081 근대 한국 경제사 / 최호진
082 사랑은 죽음보다 / 모파상
083 퇴계의 생애와 학문 / 이상은
084 사랑의 승리 / 모옴
085 백범일지 / 김구
086 결혼의 생태 / 펄벅
087 서양 고사 일화 / 홍윤기
088 대위의 딸 / 푸시킨
089 독일사 (상) / 텐브록
090 독일사 (하) / 텐브록
091 한국의 수수께끼 / 최상수
092 결혼의 행복 / 톨스토이
093 율곡의 생애와 사상 / 이병도
094 나심 / 보들레르
095 에머슨 수상록 / 에머슨
096 소아나의 이단자 / 하우프트만
097 숲속의 생활 / 소로우
098 미올의 로미오와 줄리엣 / 켈러
099 참회록 / 톨스토이
100 한국 판소리 전집 / 신재효, 강한영
101 한국의 사상 / 최창규
102 결산 / 하인리히 빌
103 대학의 이념 / 야스퍼스
104 무덤없는 주검 / 사르트르
105 손자 병법 / 우현민 역주
106 바이런 시집 / 바이런
107 종교론, 국민교육론 / 톨스토이
108 더러운 손 / 사르트르
109 신역 맹자 (상) / 이민수 역주
110 신역 맹자 (하) / 이민수 역주
111 한국 기술 교육사 / 이원호
112 가시 돋힌 백합 / 어스킨콜드웰
113 나의 연극 교실 / 김경옥
114 목녀의 로맨스 / 하디
115 세계발행금지도서100선 / 안춘근
116 춘향전 / 이민수 역주
117 형이상학이란 무엇인가 / 하이데거
118 어머니의 비밀 / 모파상
119 프랑스 문학의 이해 / 송면
120 사랑의 핵심 / 그린
121 한국 근대문학 사상 / 김윤식
122 어느 여인의 경우 / 콜드웰
123 현대문학의 지표 외 / 사르트르
124 무서운 아이들 / 장콕토
125 대학·중용 / 권태익
126 사씨 남정기 / 김만중
127 행복은 지금도 가능한가 / B. 러셀
128 검찰관 / 고골리
129 현대 중국 문학사 / 윤영춘
130 펄벅 단편 10선 / 펄벅
131 한국 화폐 소사 / 최호진
132 시형수 최후의 날 / 위고
133 사르트르 평전 / 프랑시스 장송
134 독일인의 사랑 / 막스 뮐러
135 사서삼경 입문 / 이민수
136 로미오와 줄리엣 / 셰익스피어
137 햄릿 / 셰익스피어
138 오델로 / 셰익스피어
139 리어왕 / 셰익스피어
140 맥베스 / 셰익스피어
141 한국 고시조 500선 / 강한영 편
142 오색의 베일 / 서머셋 모옴
143 인간 소송 / P.H. 시몽
144 불의 강 외 1편 / 모리악
145 논어 / 남만성 역주
146 한여름밤의 꿈 / 셰익스피어
147 베니스의 상인 / 셰익스피어
148 태풍 / 셰익스피어
149 말괄량이 길들이기 / 셰익스피어

150 뜻대로 하셔요 / 셰익스피어
151 한국의 기후와 식생 / 차종환
152 공원묘지 / 이블린
153 중국 회화 소사 / 허영환
154 데미안 / 헤세
155 신역 서경 / 이민수 역주
156 임어당 에세이선 / 임어당
157 신정치행태론 / D.E.버틀러
158 영국사 (상) / 모로아
159 영국사 (중) / 모로아
160 영국사 (하) / 모로아
161 한국의 괴기담 / 박용구
162 윤손 단편 선집 / 윤손
163 권력론 / 러셀
164 군도 / 실러
165 신역 주역 / 이기석
166 한국 한문소설선 / 이민수 역주
167 동의수세보원 / 이제마
168 좁은 문 / A. 지드
169 미국의 도전 (상) / 시라이버
170 미국의 도전 (하) / 시라이버
171 한국의 지혜 / 김덕형
172 감정의 혼란 / 쯔바이크
173 동학 백년사 / B. 웜스
174 성 도밍고성의 약혼 /클라이스트
175 신역 시경 (상) / 신석초
176 신역 시경 (하) / 신석초
177 베를렌느 시집 / 베를렌느
178 미시시피씨의 결혼 / 뒤렌마트
179 인간이란 무엇인가 / 프랭클
180 구운몽 / 김만중
181 한국 고사조사 / 박을수
182 어른을 위한 동화집 / 김요섭
183 한국 위기(圍棋)사 / 김용국
184 숲속의 오솔길 / A.시티프터
185 미학사 / 에밀 우티쯔
186 한중록 / 혜경궁 홍씨
187 이백 시선집 / 신석초
188 민중들 반란을 연습하다
   / 귄터 그라스
189 축혼가 (상) / 샤르돈느
190 축혼가 (하) / 샤르돈느
191 한국독립운동지혈사(상)
   / 박은식
192 한국독립운동지혈사(하)
   / 박은식
193 항일 민족시집/안중근외 50인
194 대한민국 임시정부사 /이강훈
195 항일운동가의 일기/장지연 외
196 독립운동가 30인전 / 이민수
197 무장 독립 운동사 / 이강훈
198 일제하의 명논설집/안창호 외
199 항일선언·창의문집 / 김구 외
200 한말 우국 명상소문집/최창규
201 한국 개항사 / 김용욱
202 전원 교향악 외 / A. 지드
203 직업으로서의 학문 외
   / M. 베버
204 나도향 단편선 / 나빈
205 윤봉길 전 / 이민수
206 다니엘라 (외) / L. 린저
207 이성과 실존 / 야스퍼스
208 노인과 바다 / E. 헤밍웨이
209 골짜기의 백합 (상) / 발자크
210 골짜기의 백합 (하) / 발자크
211 한국 민속약 / 이선우
212 젊은 베르테르의 슬픔 / 괴테
213 한문 해석 입문 / 김종권
214 상록수 / 심훈
215 채근담 강의 / 홍응명
216 하디 단편선집 / T. 하디
217 이상 시전집 / 김해경
218 고요한물방아간이야기
   / H. 주더만
219 제주도 신화 / 현용준
220 제주도 전설 / 현용준
221 한국 현대사의 이해 / 이현희
222 부와 빈 / E. 헤밍웨이
223 막스 베버 / 황산덕
224 적도 / 현진건

서문문고목록 4

225 민족주의와 국제체제 / 힌슬리
226 이상 단편집 / 김해경
227 심락신강 / 강무학 역주
228 굿바이 미스터 칩스 (외) / 힐튼
229 도연명 시전집 (상) / 우현민 역주
230 도연명 시전집 (하) / 우현민 역주
231 한국 현대 문학사 (상) / 전규태
232 한국 현대 문학사 (하) / 전규태
233 말테의 수기 / R.H. 릴케
234 박경리 단편선 / 박경리
235 대학과 학문 / 최호진
236 김유정 단편선 / 김유정
237 고려 인물 열전 / 이민수 역주
238 에밀리 디킨슨 시선 / 디킨슨
239 역사와 문명 / 스트로스
240 인형의 집 / 입센
241 한국 골동 입문 / 유병서
242 토마스 울프 단편선 / 토마스 울프
243 철학자들과의 대화 / 김준섭
244 파리시절의 릴케 / 버틀러
245 변증법이란 무엇인가 / 하이스
246 한용운 시전집 / 한용운
247 중론송 / 나아가르쥬나
248 알퐁스도데 단편선 / 알퐁스 도데
249 엘리트와 사회 / 보트모어
250 O. 헨리 단편선 / O. 헨리
251 한국 고전문학사 / 전규태
252 정을병 단편집 / 정을병
253 악의 꽃들 / 보들레르
254 포우 걸작 단편선 / 포우
255 양명학이란 무엇인가 / 이민수
256 이육사 시문집 / 이원록
257 고시 십9수 연구 / 이계주
258 안도라 / 막스프리시
259 병자남한일기 / 나만갑
260 행복을 찾아서 / 파울 하이제
261 한국의 효사상 / 김익수
262 갈매기 조나단 / 리처드 바크
263 세계의 사진사 / 버먼트 뉴홀
264 환영(幻影) / 리처드 바크
265 농업 문화의 기원 / C. 사우어
266 젊은 체녀들 / 몽테를랑
267 국가론 / 스피노자
268 임진록 / 김기동 편
269 근사록 (상) / 주희
270 근사록 (하) / 주희
271 (속)한국근대문학사상 / 김윤식
272 로렌스 단편선 / 로렌스
273 노천명 수필집 / 노천명
274 콜롱바 / 메리메
275 한국의 연정담 / 박용구 편저
276 심현학 / 황산덕
277 한국 명창 열전 / 박경수
278 메리메 단편집 / 메리메
279 예언자 / 칼릴 지브란
280 충무공 일화 / 성동호
281 한국 사회풍속야사 / 임종국
282 행복한 죽음 / A. 까뮈
283 소학 신강 (내편) / 김종권
284 소학 신강 (외편) / 김종권
285 홍루몽 (1) / 우현민 역
286 홍루몽 (2) / 우현민 역
287 홍루몽 (3) / 우현민 역
288 홍루몽 (4) / 우현민 역
289 홍루몽 (5) / 우현민 역
290 홍루몽 (6) / 우현민 역
291 현대 한국시의 이해 / 김해성
292 이효석 단편집 / 이효석
293 현진건 단편집 / 현진건
294 채만식 단편집 / 채만식
295 삼국사기 (1) / 김종권 역
296 삼국사기 (2) / 김종권 역
297 삼국사기 (3) / 김종권 역
298 삼국사기 (4) / 김종권 역
299 삼국사기 (5) / 김종권 역
300 삼국사기 (6) / 김종권 역
301 민화란 무엇인가 / 임두빈 저
302 건초더미 속의 사랑 / 로렌스
303 야스퍼스의 철학 사상
  / C.F. 월레프